El caballero Corazón de Melón

Susanna Tamaro

El caballero Corazón de Melón

Traducción de
Celia Filipetto

Ilustraciones de
Tony Ross

Círculo de Lectores

1

Gordo como un cerdo

Era una tarde lluviosa y aburrida de primavera. Hacía diez minutos que Michele había terminado los deberes del colegio y los del curso de inglés. Estaba solo en casa, delante de la ventana, entretenido en mirar las gotitas que caían ligeras sobre el césped del pequeño jardín. Todavía faltaba una hora para que su madre volviera y no sabía qué hacer. Trató de contar las salpicaduras que golpeaban el cristal, pero al cabo de cinco minutos se sintió más aburrido que antes. Lanzando un suspiro se apartó del alféizar y se dejó caer sobre la cama como un muerto.

«¡Qué bonito sería tener un hermanito o un perro! –pensó–. Si los tuviera, jugaría siempre con ellos y así, esa horrible idea no me pasaría nunca por la cabeza, nunca.»

En cuanto pensó «nunca», como es lógico, la horrible idea comenzó a hablarle.

«Tienes hambre –le dijo–. Tienes hambre y tu

barriga está vacía como el tambor de la lavadora, fría como una llanura polar; tienes frío en todo el cuerpo, te sientes débil, muy débil, las piernas no te sostienen, se te nubla la vista. Si quieres salvarte, no te queda más que un recurso: ¡levántate, ve a la cocina, llénate la barriga hasta hartarte!»

Michele se resistió a aquella voz uno o dos minutos más, luchó contra ella con todas sus fuerzas; después, lento como un robot, se levantó, salió del dormitorio, cruzó el pasillo, se detuvo un instante delante de la puerta de la cocina y, después de lanzar un suspiro, la empujó con delicadeza.

Ella estaba allí, lo esperaba tranquilamente en un rincón. Michele la miró bien antes de acercársele: en la penumbra del cuarto se la veía tan brillante, tan blanca, tan alta, que en vez de una nevera parecía un inocente cachalote dormido en lo más profundo del océano. En el silencio reinante sólo se escuchaba su voz discreta:

–¿Zzz? ¡Bzzz bzzz! ZzzBzz.

Probablemente, para otras personas, aquellas palabras confusas no habrían sido más que el ronroneo de un motor medio envejecido, pero gracias a la larga amistad que lo unía con la nevera, Michele era capaz de entenderlas a la perfección.

–¿Has venido a verme? –le había dicho Neve–.

¡Qué estupendo! Anda, ven, come todo lo que tengo dentro, zámpate también la mantequilla y los huevos; verás que así el aburrimiento se marchará.

–¡No puedo hacerlo! –respondió Michele en voz baja acercándose a la puerta.

–¡Bzzzot, zzzrr! ¡No me vengas con tonterías! –le contestó la nevera.

–De verdad que no puedo... –insistió Michele con un murmullo inseguro.

–¿Zzz? ¿Y quién te lo impide?

«Mi mamá» se disponía a contestar Michele, pero antes de que lograra pronunciar la respuesta, su mano se había apoyado ya sobre el tirador y había tirado de él, y la enorme puerta blanca se había abierto.

¡Qué magnífico espectáculo! ¡Inolvidable! Su madre había hecho la compra semanal el día anterior, y todos los estantes, del primero al último, estaban llenos a rebosar de comida; Michele dio un paso atrás para contemplarlo mejor: sí, bajo aquella luz difusa, con aquellos paquetes y latas de infinidad de formas y tamaños, la nevera parecía de veras un gigantesco y generoso árbol de Navidad. Antes de lanzarse de cabeza sobre aquellos manjares, echó un vistazo al reloj de la pared. Faltaba aún media hora para que llegara su madre, tenía que darse prisa para cumplir con la misión.

Empezó por la mayonesa; agarró el tubito por un extremo y se lo metió en la boca; inspirando a todo pulmón, lo vació en menos de un minuto. Luego le tocó el turno a la lasaña del día anterior; estaba claro que no podía perder el tiempo buscando un tenedor, tampoco podía correr el riesgo de ensuciarse. Así pues, levantó la primera capa entre el pulgar y el índice, la envolvió en el dedo medio como si fuera un canuto y se la metió en la boca. De esa manera, las tiras de lasaña desaparecieron una tras otra; le siguieron el requesón y el queso de rallar; desaparecieron la carne picada para las albóndigas y los flanes de chocolate; desaparecieron, una tras otra, las bebidas y la jarra de té frío; le siguieron el jamón y los rollitos de pollo; desaparecieron tres huevos, medio litro de leche y un resto de pizza.

En ese momento, Michele hizo una pausa y miró la hora: faltaban apenas diez minutos para que su madre regresara. Ante él, solitarios como supervivientes de una guerra, habían quedado sólo tres potes de yogur descremado y unas cuantas manzanas deshidratadas.

«Bien –pensó, mirando el panorama–, la verdad es que he hecho un buen trabajo.» Y tras un pequeño eructo de satisfacción, cerró la puerta de la nevera.

–Bzzot –lo saludó la nevera.

–¡Hasta pronto! –respondió él y, de puntillas, se dirigió a su cuarto. Una vez allí, se quitó los zapatos, se desabrochó los pantalones y se tendió sobre la cama.

Ya no sentía aquel frío vacío en la barriga, sino un calor muy grande, una tibia sensación que, desde el ombligo, irradiaba por todo su cuerpo. ¡Qué bien se estaba con la barriga llena! ¡El aburrimiento salía volando como las palomas cuando bates palmas, y el mundo entero parecía mullido, blando, dispuesto a acogerte! Antes de dormirse, Michele se pellizcó los michelines, dos pliegues gruesos y macizos que muy bien hubieran podido ser el salvavidas de un elefante. Los pellizcó y tironeó de ellos como si fueran masa de pan y después, satisfecho de sí mismo y de la vida, cerró los ojos.

Michele tenía ocho años y vivía con su madre en una casita con un pequeño jardín, en las afueras de la ciudad. Su madre se llamaba Angélica y dirigía una fábrica de trajes de baño. El padre se llamaba Arturo y vivía no muy lejos de allí, en un apartamento. Tenía un concesionario de automóviles en el centro de la ciudad. Al nacer Michele, sus padres se querían mucho, pero después, poquito a poco, como suele ocurrir, Angélica se había dado cuenta de que Arturo no era el hombre de sus sueños, y Arturo se había dado cuenta de que Angélica no era la mujer deseada por él. Y así, cuando Michele cumplió los tres años, decidieron separarse. El padre iba a ver a Michele una vez por semana. La madre era muy amable con él y él era muy amable con la madre, de manera que Michele no lograba entender por qué no seguían viviendo juntos.

Un domingo, cuando paseaba en coche con su papá, se lo había preguntado y le había dicho: «¿Por qué mamá y tú os habéis separado?». El padre le había contestado que ya no se querían. Entonces Michele le había preguntado qué era el amor, pero él se había limitado a mantener la boca cerrada y a seguir conduciendo sin apartar la vista del camino.

Aquel mismo día, al volver a casa, le había hecho la misma pregunta a su madre.

–El amor es quererse –le había dicho ella, y en seguida se había marchado corriendo porque se le hacía tarde.

Cuando se quedó solo, fue a ver a la nevera.

–Neve, ¿qué significa quererse? –le había preguntado.

–¡Brotzzzup brr, brr zzz! ¡Significa cuidar de alguien, dar de comer, calentar! –había dicho la nevera, y había añadido–: ¡Zuttbrr! ¡Yo te quiero!

Al oír aquello, Michele había dado un paso al frente y había abrazado su enorme barriga blanca. Era cierto: Neve era su única amiga, la única capaz de alegrar sus largas tardes solitarias y aburridas.

En los primeros tiempos, la amistad que lo unía a la nevera había pasado inadvertida. Transcurridos unos meses, un día en que estaba sentado a la mesa y sin que él los tocara siquiera, le habían estallado los pantalones; fue entonces cuando su madre empezó a sospechar algo. Estaban comiendo en silencio y de repente se escuchó aquel ruido: «Rrrass».

–¿Qué ha sido eso? –preguntó su madre.

–Un... un... un trueno, me parece –balbuceó Michele.

–Pero si no hay una sola nube, no digas mentiras –le dijo la madre, y se puso a olisquear el aire con suspicacia.

–¡Mírame a los ojos! ¿No te habrás tirado un...?

Michele se puso colorado.

–¡No, mamá, te juro que no! –repuso.

–No jures en vano –le contestó ella, y siguieron comiendo.

En cuanto terminó de tomar la fruta, Michele se levantó y fue entonces cuando sobrevino la catástrofe. Dio dos pasos, y los pantalones rotos se le bajaron hasta las rodillas y de ahí a los pies, con lo cual se encontró en calzoncillos en medio del comedor.

Siguió un minuto de silencio, en el que ni su madre ni él se movieron. Después se oyó un alarido horrorizado, más o menos así de largo: «¡Aaahhhaaahhh!». Con toda la voz que le quedaba, su mamá le gritó:

–¡Estás gordo como un cerdo!

Y a continuación, se desplomó.

Los momentos que siguieron a aquel alarido fueron terribles. En cuanto volvió en sí, la madre le mandó subirse a la mesa y quitarse toda la ropa. Mientras esperaba, desnudo como vino al mundo y con las carnes temblándole levemente cada vez que respiraba, su madre fue a buscar un metro amarillo de modista y se dispuso a medirlo. Le midió la circunferencia de los muslos y de las pantorrillas, de la barriga y del tórax; le midió el cuello, los brazos y la papada, y con cada medida, en lugar de quedarse callada y

tranquilita, gritaba a voz en cuello el número de centímetros y después del número añadía cada vez:

–¡Qué horror! ¡Santo Dios, qué asco!

Concluida la toma de medidas, sacó de un cajón *El libro del niño ideal* y, refunfuñando entre dientes, se dedicó a comparar las medidas de su hijo con las del niño ideal.

Mientras tanto, Michele seguía allí desnudo, de pie sobre la mesa. Al cabo de diez minutos, su madre lo miró a los ojos y le dijo:

–¡Esto es grave, pero no gravísimo! ¡Si le ponemos remedio, en poco tiempo todo volverá a la normalidad!

Entonces le agarró el pliegue de grasa de la barriga y tironeándolo afectuosamente de aquí para allá un par de veces, le dijo:

–Juntos lucharemos en esta gran batalla y tú colaborarás, ¿no es cierto?

–¡Sí, mamá! –le contestó Michele, que siempre había sido un niño obediente. Después, cuando su mamá se marchó a paso rápido, él se bajó de la mesa y sin vestirse siquiera, se fue a la nevera y la vació.

En este mundo hay un misterio, mejor dicho, hay muchos, pero hay uno que es el más importante de todos, y es el siguiente: mientras que todos los niños entienden siempre lo que quieren los adultos, los adultos casi nunca entienden lo que quieren los niños. Siempre creen que los niños quieren lo mismo que ellos, pero no es así: los niños obedecen únicamente por ser amables, o al menos fingen que obedecen.

Y así, para Angélica que, como hemos dicho, dirigía una fábrica de trajes de baño, lo más importante era estar delgada y ágil.

La razón es evidente: si todas las personas decidieran estar gordas, dejarían de comprar trajes de baño. Como es de suponer, ella hacía grandes esfuerzos por parecerse a un esqueleto. Tomaba una comida completa sólo cada dos o tres días; por lo demás, se alimentaba de yogures descremados y manzanas deshidratadas.

Eso no era todo; como estas medidas no eran suficientes para contener el avance de las carnes, cada minuto libre que tenía se lo pasaba corriendo por el jardín, haciendo flexiones y dando saltitos.

Se pesaba regularmente cada noche y cada mañana, y si por la noche descubría que había aumentado cien gramos, en vez de dormir, se iba al jardín y saltaba en el colchón elástico hasta la mañana siguiente. Si aumentaba doscientos gramos, se echaba a llorar y entonces Michele tenía que consolarla; la consolaba con palabras dulces, aunque a él le importaba bien poco su delgadez.

Con su padre la cosa no variaba mucho; como vendía coches deportivos, y los conductores de coches deportivos son señores delgados y bronceados, él también quería estar delgado y bronceado. El domingo por la mañana iba a buscar a Michele vestido con un chándal y zapatillas deportivas y, mientras el resto de la gente comía pasta y veía la televisión, ellos se pasaban el día entero corriendo sin parar por los parques.

Michele detestaba correr: le dolían los pies y las rodillas, se quedaba sin aire y al cabo de un rato se le nublaba la vista, y sus pensamientos, en lugar de estar tranquilos, sin moverse, bailoteaban de un extremo a otro de su cabeza como muñecos rotos. Michele también detestaba el yogur, las manzanas deshidratadas y los batidos proteínicos; detestaba ir a clases de inglés y de informática, detestaba todo eso, pero como era amable, lo hacía sin chistar.

Y así, con los años, sus padres se habían convencido de que tenían el hijo que deseaban, idéntico a ellos, pero Michele, con los años, se había transformado en un niño triste y solitario.

El reloj de la pared dio las seis en punto. Michele, que estaba tendido en la cama, abrió los ojos. Pues bien, dentro de dos o tres minutos escucharía el coche de su madre frenar delante de casa, la puerta que se abriría, sus pasos veloces que se dirigirían a la cocina y después de una pausa, el famoso alarido. Efectivamente, al cabo de un minuto y medio llegaron a sus oídos unos ruidos como éstos: «Hiii, criii criii, pam, toc toc toc, tic», y al final:

–¡Aaahhhaaahhh!

Michele suspiró, se ovilló todo en sus carnes y esperó resignado a que su madre entrara en el cuarto. Casi en seguida la puerta se abrió de par en par.

–¡Michele! –gritó la madre, con la cara violácea y amarillenta–. ¿Has vuelto a hacerlo?

–¿Hacer... hacer qué, mamá? –balbuceó Michele.

–Me tomas el pelo, ¿eh? ¡Has vuelto a vaciar la nevera, eso has hecho!

–No, mamá, no es cierto, yo sólo pasé por delante y eché una miradita den...

Antes de que terminara de darle la excusa, su madre se le echó encima y con unas manos que eran como dos garras, le aferró la barriga. Tenía las manos frías y las uñas largas. Tironeó de aquí para allá los dos flotadores que tenía en la cintura.

–¡Mira! ¡Mira qué asco! ¿A esto que llevas aquí dentro llamas tú *miraditas*?

Michele agachó la cabeza y se miró la barriga sin decir palabra. Encima del ombligo se le había formado una especie de tejado maravilloso que caía en blandos pliegues en dirección a las rodillas.

–¿Son miraditas? –seguía gritando la madre–. ¿Cómo es posible que no te dé vergüenza? ¡La grasa te envuelve de la cabeza a los pies como a un tapir! ¡Pareces un buñuelo, un bombón gigante, un dirigible, un hipopótamo, un paquidermo, una ballena!

Gritaba cada vez con mayor fuerza. Michele sabía que al cabo de un instante se iba a echar a llorar. Siempre la misma historia.

Así fue; después de decir «dirigible», su madre, de repente, se puso muy colorada, agitó las manos, inspiró fuerte por la nariz y estalló en sollozos:

–Ay, cariño, ¿es posible que no entiendas? ¿Cuántas veces me has prometido que no lo harías más, eh? ¡Me lo prometes cada vez, y cada vez haces lo mismo! ¿Cuántas veces te he dicho que no se puede estar tan gordo, eh? ¿Acaso no te avergonzarías de mí si fuera la mujer gorda del circo? Entonces ¿por qué no iba a avergonzarme yo? Ay, cariño, ¿por qué no haces un esfuerzo para quererme?

–¡Pero mamá, si yo te quiero! –gritó Michele.

–Entonces ¿por qué no haces un esfuerzo

para ser un niño normal? ¿Qué es lo que te falta? ¿Acaso tu padre y yo dejamos que te falte algo?

–No, mamá, no me falta nada –musitó Michele, y sin que ella lo viera, se secó dos lagrimones que asomaban a sus ojos.

Después siguió lo de siempre. Su madre buscó el cuaderno negro con el programa de ejercicios y el metro amarillo de modista, lo midió, lo hizo subirse completamente desnudo a la balanza, luego calculó los gramos y las calorías y al final pronunció la condena: cincuenta vueltas a la carrera por el jardín, cincuenta flexiones completas, una hora y media de saltos en el colchón elástico y, para completar la obra, en el momento de ir a la cama, dos purgantes requeteasquerosos.

Michele obedeció todas las órdenes: corrió en el jardín respirando fuerte, se dobló cincuenta veces, saltó en el colchón elástico el tiempo exacto y, antes de apagar la luz, se tragó dos

vasos del asqueroso purgante. Después apagó la luz, se giró de lado y suspiró.

Tendría que haber sido feliz, pero en cambio no era feliz en absoluto. Sentía la barriga vacía y los brazos y las piernas flojos como trapos. De inmediato apareció la voz: «¿Estás triste? ¡Consuélate! ¡Come!».

Para distraerse, Michele trató de pensar en algo bonito. Lo único bonito en lo que se le ocurrió pensar fue en su abuela, y en el mes que todos los veranos pasaba con ella en su casa del campo.

2

¡Supercatástrofe!

Todos los veranos, en el mes de agosto, la mamá de Michele recorría las playas del país para ver cuántos trajes de baño había logrado vender. En sus viajes nunca se llevaba a Michele. Por eso, el último día de julio, iba al campo y se lo entregaba a la abuela.

Aquel año también fue así.

La abuela vivía sola en una casita cerca del bosque y siempre se alegraba mucho de aquellas visitas; desde primera hora de la mañana los esperaba en la puerta con el delantal puesto.

Cuando el coche giró la última curva del blanco camino, Michele se asomó por la ventanilla y agitando un brazo comenzó a saludar a la abuela; en cuanto se detuvieron, bajó corriendo para abrazarla.

–¡Cariño! –exclamó la abuela besándolo en las mejillas–. ¡Qué grande estás! ¡Anda, pasa, acabo de hacer una tarta de frambuesas!

–¡Mamá! –le gritó Angélica, que estaba descargando la maleta–. ¿Cuántas veces tengo que decirte que el niño está haciendo régimen?

–Ay, Dios, ¿está enfermo? –preguntó la abuela, poniéndose triste de repente.

–No, mamá, está muy bien. Lo único que le pasa es que está gordo como un pavo antes de Navidad.

La abuela le puso a Michele la mano en la barbilla y lo obligó a levantar la cabeza. Lo miró atentamente y dijo:

–No es eso, Angélica, te equivocas, está robusto, nada más. Además, la tarta que hice no es una tarta *tarta* con todas las de la ley... prácticamente no tiene nada más que fruta. Apenas lleva harina, muy poco azúcar, cosa de nada; además, ya sabes que tú de niña eras igual, los niños tienen que alimentarse bien porque están en edad de crecer.

A cada palabra que decía la abuela, Michele, que estaba a su lado, asentía satisfecho con la cabeza.

Pero su madre no parecía nada contenta de lo que decía la abuela.

–¡Mamá! –exclamó, con un tono de voz exagerado–. En primer lugar, yo nunca he estado gorda. En segundo lugar, Michele ya ha comido lo suficiente para vivir perfectamente cinco años sin probar bocado, ¿está claro?

Dicho lo cual, la madre subió al coche hecha un manojo de nervios, cerró de un portazo y asomándose por la ventanilla abierta, con el motor en marcha, le gritó a Michele:

–¡Cuando vuelva, como descubra que has engordado un solo gramo, el año que viene en lugar de traerte a casa de la abuela te meteré en un colegio!

Retrocedió bruscamente y el coche desapareció por el blanco camino, envuelto en una nube de polvo.

Cuando se quedaron solos, la abuela le dijo a Michele:

–Anda, démonos prisa, que todavía estará caliente.

En la cocina, cortó una buena ración de tarta, se la sirvió en un plato y le preguntó:

–¿Te pongo un poco de nata, tesoro mío?

–No, abuela –respondió Michele con la boca llena–, ¡no puedo!

–¿Tienes problemas de hígado?

–No, abuela, es que la nata...

–Pero cariño, la tarta me ha salido tan seca... con un poquito de nata no se notaría tanto. ¿De veras no la quieres?

–Bueno, sí, abuela, pero sólo una cucharadita, para probarla.

Se comieron tres trozos de tarta cada uno; después, como el sol se había puesto y ya empezaba a hacer un poco de fresquito, la abuela preparó chocolate caliente.

Se lo tomaron juntos, sentados delante de la puerta de casa. El sol ya casi se había ocultado y un viento ligero agitaba las copas de los árboles.

La abuela suspiró y luego le preguntó:

–¿Siempre está así de nerviosa tu madre?

–No, abuela: nerviosa, no, activa.

–No digas tonterías. Se ve a un kilómetro que tiene los nervios a flor de piel. ¿Acaso hay algo que no funciona?

–No lo sé, abuela –respondió Michele, y con el pie trazó un surco en el polvo–. A lo mejor es porque papá vive en otra casa.

–Pero bueno, ésa es una historia antigua –dijo la abuela, y con una mano ahuyentó una mosca que volaba a su alrededor–. No, hummm, para mí que tiene que haber otra cosa.

Michele suspiró y le preguntó:

–Abuela, ¿sabes lo que es el amor?

La abuela dio un respingo en el banco y se puso en pie diciendo:

–¡Huy, qué distraída soy! ¡Qué tonta! ¡Se me olvidó enseñarte algo!

Tomó a Michele de la mano se lo llevó al huerto, y allí se estuvieron hasta que oscureció; una por una le enseñó cómo habían crecido las plantitas que habían sembrado juntos el verano anterior.

El mes en casa de la abuela pasó tan deprisa que en el momento de irse, Michele estaba convencido de haber llegado el día anterior.

Cada mañana iban juntos al bosque y allí la abuela le enseñaba a reconocer las especies de pájaros cantores, las cuevas de las ardillas y de los lirones, las hierbas comestibles y las que dan diarrea. Michele se pasaba las tardes dibujando en el prado que había delante de la casa, y por la noche, delante del fuego, la abuela le contaba unos cuentos que nunca había oído.

Así fue como se enteró de que en lugares secretos de la Tierra todavía se esconden dragones feroces; aprendió que en menos de un segundo los niños pueden transformarse en animales y los animales en niños y que, ocultos entre la gente, había unos hombres extraordinarios llamados caballeros; aprendió que se puede llegar al fondo del océano sin ningún tipo de máquinas o desaparecer engullidos por los colores del arco iris.

La última noche la abuela lo llevó al prado que había delante de la casa y le dijo:

–En cuanto veas caer una estrella, pide un deseo.

La estrella cayó casi de inmediato, Michele pidió su deseo y después entraron en la casa para hacer la maleta.

Cuando su madre llegó para recogerlo estaba de estupendo humor; había vendido más trajes de baño que los demás. En cuanto bajó del coche, midió a Michele con el metro de modista y se sintió muy satisfecha porque no había engordado ni un gramo.

La abuela le ofreció una taza de chocolate caliente, pero ella dijo que prefería una tisana sin azúcar. En cuanto se la hubo tomado, besó a su madre y le dijo a Michele:

–Vamos, dale un beso a tu abuela.

Después subieron juntos al coche.

Aunque un poco triste porque dejaba a su abuela, Michele también estaba de estupendo humor; le contó a su mamá todo lo que había aprendido sobre los dragones, los caballeros y los hechizos que transforman a los niños en sapos o ratones.

Su madre lo escuchó en silencio. Después, cuando hubo terminado, le espetó:

–¿La abuela te ha contado todas esas tonterías?

–Sí –respondió Michele, un poco preocupado.

–¿Y tú no te las habrás creído, verdad?

–Pero...

–Lamento decírtelo, cariño, nada de eso es verdad. Verás, la abuela ya está vieja, y con los años ocurre que las ideas se confunden, dan vueltas por la cabeza y uno empieza a decir tonterías, a creer que existen los espíritus y cosas por el estilo.

–Pero yo he visto una uña de dragón, ella me la enseñó –protestó Michele.

Su madre sonrió y le dijo:

–Cariño, cuanto antes te quites esas tonterías de la cabeza, mejor; no hacen más que confundirte las ideas. Piensa en el inglés, en el ordenador y olvídate de los sueños que no sirven para nada.

Aquella noche, cuando Michele se acostó en su cama, no lograba dormirse. ¿Quién tenía razón, mamá o la abuela? Debajo de las sábanas, mientras se daba la vuelta primero de un lado y después del otro, apareció la voz. Michele no intentó resistírsele ni un solo segundo, se sentía demasiado confundido y triste. Apartó las mantas, se calzó las pantuflas y, sin hacer ruido, fue a la cocina.

Neve seguía allí, discreta y paciente como una verdadera amiga. Lo saludó en seguida:

–¡Bzzap zap! Ay, qué genial, has vuelto. ¡No sabes lo sola que me sentía por las noches!

–Estuve en casa de la abuela –le dijo Michele para disculparse y después, por miedo a que se ofendiera, añadió–: En casa de la abuela no hay nevera, sólo una despensa.

–¡Rrrzzp! Vamos, ¿a qué esperas? ¡Ábreme y celebrémoslo!

Michele no esperó a que se lo dijera dos veces y abrió la puerta de par en par. El panorama no era en absoluto prometedor, estaba claro que su madre llevaba tiempo sin hacer la compra. De todos modos, después de abrir todas las latas y recipientes, Michele encontró algo que comer.

Untó con mantequilla algunas rebanadas de pan de molde acartonado, engulló tres o cuatro huevos crudos y un par de flanes de chocolate. En cuanto comenzó a notar el calorcillo de la comida en la barriga, reanudó la conversación con Neve.

–Neve, ¿tú crees que los sueños hacen daño?

–¡Rfffz! ¡Brrzuupzziprr! ¡Cómo se te ocurre! –exclamó Neve–. Los sueños sientan de lo más bien. Aquí me tienes a mí, por ejemplo. Cuando me aburro, sueño siempre que soy un avión de

reconocimiento, que sobrevuelo el mundo entero y así me olvido de que estoy en la cocina.

–Y los caballeros, ya sabes, esos que matan a los dragones, ¿crees tú que existirán en alguna parte?

–¡Zip, brtzzzprrrtzz! Claro que existen. Es difícil verlos, pero existen. Voy a contarte un secreto, acércate. Si me miras por detrás, en mi espalda verás un trozo de metal que brilla más que los otros.

Michele rodeó la nevera y fue a mirar.

–¡Huy, es verdad! –dijo–. ¡Es cierto, hay un trozo de metal que parece de oro!

–Zziiprr, pues ahí lo tienes, es un trozo de la armadura de un heroico caballero.

–Ay, Neve, ¿me cuentas su historia?

–¡Britzz zup zup! Ahora estoy vacía, vuelve mañana, cuando esté llena y te contaré la historia.

–Gracias, Neve –dijo Michele–. ¡Eres realmente maravillosa! –y le estampó dos besos en el tirador de acero.

A partir de aquel día, Michele fue a visitar a Neve todas las noches. Neve le contaba cuentos casi más bonitos que los de la abuela. El caballero al que había pertenecido el trozo de su motor era el hombre más fuerte y más extraordinario del mundo.

Cuando volvía a la cama con la barriga llena, seguía pensando en sus gestas y en lo magnífico que habría sido ser fuerte, valiente y extraordinario como él.

Por aquella época, su madre estaba siempre en viaje de negocios para presentar al mundo la colección de trajes de baño, así que Michele podía deambular por la casa sin que nadie lo molestara. Era feliz con los cuentos que oía cada noche, y al cabo de apenas dos días, se había olvidado por completo de las calorías, de los gramos y de todas esas bobadas. Él también quería convertirse en caballero, llevar a cabo algo heroico y grandioso. La última noche que pasó a solas con Neve, se armó de todo su valor y le confesó su sueño.

–Neve, ¿crees que yo podría convertirme en caballero? –le preguntó.

–¡Ziprr! Por supuesto –le contestó la nevera–. Si lo deseas de verdad, te convertirás en uno.

–Pero Neve, yo no conozco ningún dragón, ni ninguna bruja, ni tampoco ninguna niña convertida en rana. ¿Tú crees... crees que podría hacer alguna hazaña en la clase de inglés?

–Brrrzzup. No te des prisa, amigo mío –repuso Neve–. Ya lo verás, todo ocurrirá cuando menos te lo esperes. En el mundo hay muchos más monstruos de los que la gente cree.

–¿En serio, Neve?

–¡Zzzip! ¡Ahora mismo voy a ordenarte caballero!

–¡Pero Neve!

–¡Grrziip! No digas ni una palabra más, saca ese buñuelo revenido que hay en el compartimento de los fiambres, póntelo en la cabeza como una corona y arrodíllate.

Michele hizo lo que le mandaba su amiga. Estaba emocionado.

Neve se aclaró la garganta y soltó:

–¡Zzrup zrup bix brrpp zzupp rrrpp! Por las fantásticas hazañas que durante años has llevado a cabo en mis estantes y recovecos, por el heroico valor con el que te has enfrentado a las desventuras de los purgantes y a todos los castigos que el enemigo te ha infligido, yo, Neve de Neverés, reina de las neveras y los frigoríficos, te nombro marqués de Flanes y de la Medialuna y te concedo el título de caballero con el nombre de batalla de... bzzzp... con el nombre de... con el nombre de... ¡Corazón de Melón!

La nevera hizo una pausa y luego añadió:

–¡Brrz! Ahora levántate y abrázame.

Haciendo equilibrios con el buñuelo en la cabeza, Michele se levantó y estrechó a la nevera con todas sus fuerzas.

–Neve –le dijo luego, besando el esmalte blanco de la puerta–, ¡es maravilloso! ¡Ahora soy un caballero de verdad!

–¡Bzzt... claro! –repuso Neve.

–Pero Neve –dijo Michele, presa de una súbita preocupación–, no sé qué hazaña voy a hacer, ni dónde combatir.

–Zrrr, no te preocupes –le contestó Neve, que se las sabía todas–. Ya verás, muy pronto harás algo extraordinario, algo tan extraordinario que cambiará el mundo.

–¡Ay, Neve, qué contento estoy! –exclamó Michele, le dio otro beso en la puerta y se volvió a la cama.

Aquella noche, Michele durmió profundamente y, por primera vez en su vida, soñó. De pie, en el tejado de su casa, veía a su mamá que corría por el jardín. Él la llamaba desde arriba, ella levantaba la cabeza y le gritaba:

–¡Baja inmediatamente, hijo, que hundirás el tejado!

–Ya voy, mamá –respondía él, y se dejaba caer en picado.

Entonces su mamá se ponía a gritar a voz en cuello. Sin sentir miedo alguno, él iba cayendo más y más hasta que, cuando faltaban pocos centímetros para que tocara el suelo, se convertía en un hermosísimo pájaro blanco y, batiendo las alas, se alejaba de la casa y desaparecía ligero tras las nubes del horizonte.

El grito se oyó de verdad; fue un grito realmente espeluznante. Michele seguía soñando cuando alguien le arrancó las mantas de encima y sacudiéndolo como si fuera una pasta de pizza le chilló al oído:

–¡Aaahhhaaahhh! ¡Esto es un desastre, un cataclismo, una supercatástrofe! ¡Aaahhhaaahhh!

Era su madre, que acababa de regresar del viaje de negocios. Michele abrió los ojos despacito y la miró. A juzgar por la cara que ponía, debía de haber hecho algo realmente espantoso.

Antes de que lograra pronunciar una sola palabra, su mamá lo agarró por el cuello, lo levantó de la cama como si fuera un pavo al que sacan de la cazuela, y, empujándolo de aquí para allá, le gritó:

–¿Qué has hecho?

Poco después, como siempre, se encontró desnudo delante de la balanza. Su mamá había sacado ya el metro amarillo y se puso a medirlo. Lo medía y gritaba:

–¡Esta vez se acabó, se acabó de verdad! ¡Has superado todos los límites!

Michele se miró la barriga disimuladamente: era cierto, en aquellas dos semanas de jolgorio le había salido un nuevo rollito.

Pero era pequeño. Intentó defenderse:

–Ni siquiera son doscientos gr... –pero su madre lo mandó callar en seguida.

–¡Ahora se acabó de verdad! –aulló–. Esta vez no pienso perder el tiempo midiéndote. Es inútil hacerte razonar, inútiles los purgantes de caballo, inútiles las carreras, ¿sabes qué te digo? ¡Voy a tomar medidas drásticas, muy drásticas! ¡Dios mío, no quiero ni pensar en que tengo que salir por la puerta de casa con este niño tan asqueroso, con esta enorme babosa inflada con pantalones!

Dicho esto, su madre salió dando un portazo y lo encerró con llave.

Desde su cuarto, Michele escuchó que hacía unas cuantas llamadas telefónicas con gran agitación; telefoneó al padre y a un par de personas más, después se marchó corriendo y en la casa volvió a reinar el silencio.

Al quedarse solo, Michele se tumbó sobre la cama. «¿Y ahora? –pensó–. ¿Qué será de mí?»

Durante aquella tarde de espera, encerrado en su cuarto, Michele se preguntó varias veces cuál sería su destino. La verdad era que aquella mañana su mamá se había puesto realmente furiosa, y cuando se ponía furiosa, era capaz de planear cualquier cosa. A grandes males, grandes remedios, había gritado. En una de ésas volvería con un cirujano; el cirujano lo haría acostarse sobre la mesa de la cocina y allí, como si fuera una mortadela, le quitaría la grasa loncha por loncha.

O quizá su madre se había ido para siempre y lo había abandonado dejándolo encerrado con llave en su cuarto. Sí, a lo mejor estaba destinado a morirse de hambre; dentro de cien años lo encontrarían reseco como una momia y lo expondrían en un museo con la siguiente inscripción: «Niño obeso del siglo XX».

Cuantas más cosas se imaginaba Michele, más se entristecía. Neve le había prometido que llevaría a cabo extraordinarias gestas; sin embargo, estaba a punto de acabar como una mortadela o una momia. Para consolarse, le habría gustado comer, sentir el calorcillo en la barriga, pero no era posible, así que se acostó en la cama y, en silencio, se puso a llorar.

A la mañana siguiente, cuando su mamá y su papá aparecieron por la puerta del dormitorio, Michele seguía durmiendo. Su mamá se puso inmediatamente a vestirlo, mientras su padre llenaba una gran maleta abierta en el suelo con las cosas de Michele.

Como ninguno de los dos decía ni mu, durante un rato, Michele siguió pensando que soñaba.

Cuando subieron todos al coche, entendió que aquello era verdad. No era un sueño, sino una pesadilla, porque con toda seguridad lo estaban llevando a un bosque para abandonarlo.

En realidad, a Michele no le disgustaba nada la idea: solo, en un bosque, con la fuerza que le daba su título de caballero, podría hacer un montón de cosas maravillosas, matar un dragón tras otro, besar decenas y decenas de ranas.

3

Delicia Esquelética

Por desgracia, las cosas de la vida casi siempre acaban torciéndose: cuando pensamos que estamos destinados a hacer una cosa, seguro que acabamos haciendo justamente lo contrario. Los sabios dicen que lo bonito de la vida está en la sorpresa, pero se trata de una verdad que todavía no se ha comprobado.

Y así, Michele, que estaba dispuesto a que lo abandonaran en un frondoso bosque, se encontro, en cambio, en las salas grandes y limpias de la Clínica del doctor Fideus.

El director los esperaba en la puerta de entrada.

En cuanto vio a Michele le tendió la mano y le dijo:

–El pequeño paquidermo cabeza dura, supongo.

Michele le estrechó la mano y le contestó:

–Me llamo Michele.

–Bienvenido –le dijo el director con una sonrisita maligna.

Michele no entendía dónde había ido a parar; se dio la vuelta para preguntárselo a su mamá. Sorprendido, comprobó que ya no estaba. No estaban ni ella, ni su papá; se habían marchado en silencio, sin habérselo dicho siquiera. Se le hizo un nudo en la garganta, tenía ganas de llorar; sólo recordando su título secreto de caballero logró contenerse.

El director lo llevó a su habitación y le explicó el reglamento.

–La puerta de esta clínica –le dijo– se cruza únicamente dos veces en la vida. La primera, para entrar, y la segunda, para salir. Aquí se entra gordo y se sale delgado. ¿Está claro?

–Creo que sí, señor –respondió Michele, compungido–. Se trata de una puerta mágica.

El director se puso rígido; de las orejas le salían unas nubecillas de humo verde, como si en algún lugar de la cabeza tuviera una pila de hierba y le hubieran prendido fuego.

–En primer lugar, pequeño, de ahora en adelante no volverás a llamarme señor, sino Su Infinita Delgadez y, en segundo lugar –el tono de su voz comenzaba a aumentar–, ¡borra para siempre de tu cabeza esa estúpida palabra, «magia», y todas las palabras que se le parezcan! En el siglo XX no existen la magia, ni las hadas, ni nada de nada, que no se te olvide. ¡Sólo se progresa con dos cosas: la disciplina y la voluntad!

Dicho lo cual, el director alcanzó la puerta de la habitación en dos grandes zancadas. Se detuvo allí y Michele notó que sus orejas, además de despedir humo verde, temblaban como si fueran a emprender el vuelo. Era realmente espantoso.

–¡Y si todavía no lo has entendido, pequeño gordinflón –le gritó antes de abandonar el cuarto–, de aquí no saldrás hasta que no estés esbelto como una sardina!

Se marchó dando un portazo y Michele se quedó solo en su habitación.

Se pasó todo el día allí encerrado. Nadie lo llamó ni para el almuerzo ni para la cena. Se disponía a meterse en la cama cuando, sin que él la tocara, la radio que había en la mesita de noche se encendió y empezó a hablar.

–Buenas noches, pequeños hipopótamos, paquidermitos míos. Aquí me tenéis; como de costumbre, he venido a traeros la reflexión de esta noche. Quitaos el pijama, mirad vuestras barrigas, vuestros muslos temblorosos. Estáis gordos, ¿no? Bien, pensemos ahora en el mundo de la naturaleza. La naturaleza es sabia, provee a todo de la mejor forma. ¿Alguna vez os habéis preguntado por qué nunca se ven animales gordos? Porque no comen, me diréis. ¡Craso error! Los animales gordos existen, pero duran poco. ¿Sabéis por qué? Venga, tratad de exprimir esos cerebritos. ¿Pueden correr deprisa los animales gordos? No, ¿verdad? No vemos animales gordos porque como no son veloces, son los primeros en ser devorados. Reflexionad, tesoritos míos, sobre lo sabia que es la naturaleza. Vuestra instructora, Delicia Esquelética, os desea que paséis unas buenas noches. ¡Hasta mañana, ballenas!

En cuanto la radio calló, se apagaron las luces y, de pronto, Michele se encontró completamente desnudo y solo en medio de la habitación. Se fue a la cama; cuando estuvo debajo de aquellas sábanas heladas, pensó en la camita de su casa y en Neve y sus cuentos; la pobre se pasaría toda la noche esperándolo inútilmente.

El despertador de la radio sonó cuando Michele acababa de dormirse. Ni siquiera tuvo tiempo de abrir los ojos porque un resorte oculto debajo de la cama lo lanzó en mitad del pasillo. Sólo llevaba los calzoncillos y comprobó que a su alrededor había montones de niños en las mismas condiciones, es decir, gordos y en calzoncillos. De una puerta del final del pasillo, de puntillas y haciendo piruetas, apareció una mujer delgadísima, embutida de la cabeza a los pies en unas mallas ceñidas de color fucsia. Sin dejar de hacer piruetas, se dirigió de inmediato hacia él.

–¡Aquí tenemos a mi nuevo elefantito! –exclamó deteniéndose delante de él. Le tendió la mano y le dijo–: Mucho gusto, soy tu instructora, me llamo Delicia Esquelética.

–Yo me llamo Michele –repuso Michele con amabilidad y tendiéndole también la mano.

Pero la señorita Delicia Esquelética había desaparecido ya dando saltitos como un trompo, y se encontraba al final de la fila.

¡Tenéis diez minutos para ducharos! –gritó desde allí–. Dentro de once minutos os espero a todos en el comedor para desayunar.

Michele siguió a los demás hasta los lavabos. Allí encontró un armarito con su nombre y dentro, su ropa. Después de lavarse se vistió. Todas las prendas le quedaban muy ceñidas; a duras penas la camisa le cerraba sobre la barriga con un solo botón, mientras que los pantalones no le subían más allá de las rodillas.

–Oye –le dijo al niño que tenía más cerca–, aquí debe de haber un error, esta ropa no es de mi talla.

–Claro que es de tu talla –repuso el niño sin mirarlo a la cara–. Es de la talla que deberías tener si fueras bueno.

–Si no me cabe –protestó Michele, pero el niño ya había desaparecido a la carrera en dirección al comedor.

Sujetándose los pantalones con una mano, Michele lo siguió dando brincos por los largos pasillos.

«El comedor –pensó–. Si hay un comedor, este lugar no es tan terrible como parece.»

Y ante sus ojos vio fluir ríos de leche y *cornflakes*, mares de chocolate caliente, pirámides altas hasta el techo de mantequilla y mermelada.

Al entrar en el comedor, el corazón le latía con fuerza y se le hacía la boca agua. Todos los demás ya estaban sentados alrededor de elegantes mesitas. Michele ocupó el primer lugar libre que encontró y sin presentarse ni pedir permiso, se abalanzó sobre lo que le parecía una jarra de chocolate. ¡Qué desilusión! ¡De aquel recipiente incitante no salía nada! Miró a su alrededor: en realidad, ninguno de los niños comía, se limitaban todos a fingir educadamente que comían. Entonces él también fingió que se tomaba el chocolate y masticaba ruidosamente dos o tres galletas.

Al cabo de un rato volvió a aparecer Delicia Esquelética.

–¡Bien! –gritó–. ¡Por hoy ha terminado el desayuno! Y ahora, todos en orden y sin hacer ruido, id a buscar las mochilas. Exactamente dentro de cuatro minutos, os quiero a todos en la pista.

Michele recorrió todas las habitaciones de la clínica siguiendo aquel río de niños. «¿Será posible –se preguntaba mientras andaba– que mi madre me haya abandonado en un lugar como éste? ¡Ni siquiera mis peores pesadillas eran tan horribles!»

Tres minutos y medio más tarde, junto con los demás, cargando con la mochila a la espalda, Michele llegó al gran parque de la clínica.

La pista a la que se había referido Delicia Esquelética era una pista de atletismo con todas las de la ley. Pero en lugar de correr con zapatillas y pantalón corto, había que hacerlo con botines de montaña, con toda la ropa puesta y cargando una pesada mochila. Antes de comenzar el maratón, Michele abrió la suya y miró lo que había dentro. ¡Increíble maravilla! Apilados y siguiendo un orden exacto, descubrió una decena de flanes de chocolate y de vainilla, unos veinte bollitos rellenos de crema y chocolate con avellanas, una mortadela pequeñita y un chorizo, pan de molde, un bote de mayonesa, latitas de atún, pepinillos en vinagre y tres o cuatro botellines de refrescos. Junto con estas cosas para comer había un sobre de plástico con todos los cubiertos, la sal, la pimienta, una servilleta y un vaso, en fin, todo lo necesario para un *picnic.*

Después de aquella visión, Michele se fue directo a la pista y se puso a correr muy feliz. Estaba claro que todo el peso que llevaba en la espalda no era más que su almuerzo, el *picnic* que, en cuanto se cansara, iba a comerse sentado en un sitio sombreado, a un lado de la pista.

Durante las primeras cuatro vueltas fue el primero del grupo; corría a ritmo decidido, como si fuera una liebre. En la quinta vuelta empezaron a temblarle las pantorrillas, los muslos y las voluminosas nalgas. En la sexta vuelta, mientras el sudor le chorreaba por todo el cuerpo, empezaron a temblarle los brazos y su respiración comenzó a parecerse a la de una vieja locomotora. Para darse valor, se puso a pensar en las gestas heroicas de los caballeros de la reina de Neverés, en todos los grandes hombres y en los atletas famosos y, con esas ideas en mente, logró completar otra vuelta.

Entretanto, algunos niños ya se habían desplomado en el suelo y con sus cuerpos sudados y jadeantes, obstaculizaban la pista. En la novena vuelta, Michele comprendió que si no deseaba acabar de la misma manera poco gloriosa tenía que comer algo. Miró a su alrededor para comprobar si algún otro huésped se había sentado en la hierba a comer. Ninguno, absolutamente ninguno.

«Qué raro –reflexionó Michele–. ¿Cómo es posible que estén tan fuertes? ¿Cómo resisten una vuelta tras otra sin nada en el estómago?»

Él, por su parte, se encontraba al límite de sus fuerzas. A ratos lo veía todo negro y, a cada paso, las rodillas y los pies, en vez de hacerlo avanzar con arrogancia, se doblaban sobre sí mismos como mantequilla al sol.

La instructora estaba sentada en el borde de la pista, debajo de una sombrilla y, con un bolígrafo en la mano y un cuaderno sobre el regazo, los miraba correr.

«Todo parece tranquilo», pensó Michele, y decidió disminuir la velocidad a la espera de encontrar un lugar agradable donde sentarse. Mientras reducía la marcha, un par de niños lo adelantaron y, al pasar a su lado, le murmuraron algo con cara de preocupación.

Michele no entendió bien lo que le decían, pero le pareció oír algo así como que le deseaban buen provecho; y mientras los demás, aplastados por el peso de la mochila, seguían corriendo, les gritó con amabilidad saludándolos con la mano abierta:

–¡Que os aproveche también a vosotros!

En ese momento, a escasa distancia, vio un

banco blanco cubierto por la sombra de dos árboles enormes. ¡Un sitio estupendo para hacer un *picnic*! Aminoró la marcha, salió de la pista, se quitó la mochila y se sentó en el banco. Tenía la respiración entrecortada, así que esperó unos minutos antes de ponerse a comer. Mientras estaba allí, sin hacer nada, pasaron otros dos niños con la lengua afuera como perros. En cuanto lo vieron en el banco, comenzaron a hacerle señas con la mano. Parecían asustados y Michele no lograba entender por qué.

«Quizá sea el cansancio» pensó, y les gritó:

–¡Ya casi es la hora del almuerzo! ¡Venid a comer conmigo!

Aquellas palabras tuvieron el efecto contrario: en lugar de detenerse, los niños aceleraron la marcha y sin volverse a mirar atrás, desaparecieron en dirección al otro extremo del campo.

«Vaya gente más rara que hay por aquí», pensó Michele y, tras colocarse la mochila sobre las rodillas, se dispuso a abrirla. La boca volvía a hacérsele agua y el estómago le gruñía alegremente.

–¡Qué maravilla! –exclamó en voz alta Michele y, de inmediato, rompió con los dientes el envoltorio del primer bollito.

Tardó en comprender lo que ocurrió después. Lo cierto fue que el bollito no logró llegar a su boca. Un ciclón se abatió sobre él; alguien le

agarró la mano y lanzó lejos el trozo de bizcocho; otra persona lo sujetó por el cuello, lo levantó del banco y se puso a agitarlo como si fuera un chorizo, mientras una voz que no se sabía de dónde salía, le gritaba:

–¡Aaah, qué espantosa manera de ceder!

Cuando acabó tendido en la hierba como una alfombra, comprobó que el ciclón no era otra cosa que la instructora Delicia Esquelética. Embutida en sus mallas de color fucsia, con el rostro del mismo color, lo miraba desde arriba mientras él seguía tirado en el suelo. Las caderas y los fémures de la instructora temblaban y hacían ruido como los cascabeles de los trineos navideños.

–¡Buen comienzo, cerdito mío! ¡Realmente bueno! –le gritó a pleno pulmón–. ¡Primer día, primera infracción!

De un bolsillo ceñidísimo sacó una libreta, la abrió y en voz alta dijo:

–Infracción número 2821, castigo 3412. Sígueme sin protestar.

Michele no protestó, no habría podido, porque la instructora lo agarró de las orejas y se lo llevó a rastras como un saco de patatas.

Recorrieron un largo trecho de aquella manera y al final, después de bajar escaleras y escalinatas, Michele se vio encerrado en una celda oscura de los sótanos de la clínica.

–Castigo 3412 –repitió Delicia Esquelética desde la mirilla, antes de marcharse.

En cuanto estuvo solo, Michele buscó el interruptor de la luz, palpando las paredes con las manos. No lo había.

«Paciencia –pensó–, de todas maneras, a mí nunca me ha asustado la oscuridad.» Siempre a tientas, se puso a buscar la cama. En un rincón encontró un catre estrecho y duro y se tendió encima.

«Todo esto es un mal sueño –pensó–, una pesadilla de la que me voy a despertar dentro de un rato.» Sin embargo, en ese momento su barriga le dijo que todo aquello era verdad; la tenía vacía como nunca en toda su vida y gruñía enfurecida desde el fondo del ombligo.

–¡Llevo dos días sin probar bocado! ¿Te parece justo? Me siento como un trapo con el que se acaba de fregar el suelo de un cuartel. Ya no tengo fuerzas... te lo ruego, te lo suplico, por favor, come algo.

Michele no sabía cómo calmarla. Ahí abajo no había nada para llevarse a la boca. Al final, y en vista de que nadie lo veía ni podía regañarle, empezó a comerse las uñas. Al parecer, la barriga se tranquilizó.

«¿Por qué mi mamá y mi papá se han marchado sin despedirse? –se preguntó entonces Michele–. ¿Habrán decidido dejarme aquí para siempre? ¿Por qué?»

Una idea horrenda comenzó a abrirse paso en su mente. A lo mejor su mamá no era su verdadera madre y su papá no era su verdadero padre. Tenía que ser así, de lo contrario, ¿por qué lo habían abandonado en aquel lugar sin decirle nada? Era un niño abandonado, ésa era la verdad: lo habían encontrado en algún cubo de basura y nunca se lo habían dicho.

Michele comenzó a entender un montón de cosas que antes no tenía muy claras. ¡Por eso en su cuna nunca le habían puesto una foto suya! ¡Por eso ellos eran delgados y él no! ¿Cómo no se había dado cuenta antes? ¡Ellos eran sus padres postizos, dos extraños! Michele suspiró.

–¡Estoy solo en el mundo!

Las palabras resonaron en la estrecha habitación como el eco en la montaña y después, poco a poco, se fueron apagando.

En cuanto volvió a hacerse el silencio, Michele notó que se le humedecían los ojos. Estaba a punto de echarse a llorar. Entonces pensó en Neve de Neverés, su única amiga, la única que lo había querido de verdad.

¿Qué le había dicho Neve? Que él, Michele, era un caballero. Corazón de Melón. Corazón de Melón era lo bastante fuerte como para irse solo a recorrer el mundo, era capaz de luchar contra los dragones, de besar ranas, era capaz de realizar grandes hazañas.

–Lo conseguiré –gritó Michele con convicción, y se sentó en la cama.

Después, cuando pensaba que lo primero que tenía que hacer era encontrar la forma de irse de aquel lugar, en el interior de la celda comenzó a flotar un olorcillo delicioso. Michele olisqueó el aire.

–¡Tarta de manzana!

–¡Exactamente, tarta de manzana! –exclamó la voz de Delicia Esquelética. Hablaba desde un micrófono oculto–. En el horno –prosiguió–, se está cociendo una tarta de manzana. ¡Si pudieras verla! Es una delicia: inflada y tierna por los lados, completamente recubierta de rodajitas de fruta acaramelada. Qué lástima, cerdito mío, que tú nunca llegues a comerla. ¡Nunca!

Era una tortura espantosa. Michele se tapó la nariz y trató de respirar por la boca.

Al olorcillo a tarta de manzana le siguieron los aromas de los rollitos rellenos, al de rollitos, el de natillas y macarrones gratinados, al de macarrones, el de caramelos dorados, y así sin cesar.

Aquella noche, Michele lloró, un poco por todos aquellos aromas y un poco porque, en el fondo, él había querido a sus padres postizos.

Al amanecer, con las fuerzas que le quedaban, se abalanzó contra la puerta.

–¡No volveré a comer en la vida! –gritó entre sollozos–. ¡Nunca en la vida!

Al pronunciar aquellas palabras, la puerta se abrió como por arte de magia.

Después del primer castigo, la vida de Michele en la Clínica del doctor Fideus continuó con normalidad. Había entendido cómo funcionaba todo en aquel lugar y procuraba no cometer errores.

A los diez días de su llegada, una mañana, al levantarse, Michele se notó mucho más ligero; se miró la barriga y comprobó que de los michelines sólo le quedaba uno. Había adelgazado.

«Bien –pensó–, esto quiere decir que correré

más deprisa.» Y sin perder tiempo se puso a planificar la fuga.

Lo había estudiado todo con sumo cuidado. Sólo podía aprovechar para irse sin llamar demasiado la atención cuando organizaran aquellos saludables paseos fuera de la clínica. Esto es lo que haría: desde el principio correría más deprisa que el resto y después, en una curva alejada de los ojos de Delicia Esquelética, se lanzaría a toda velocidad hacia el bosque y desaparecería entre los arbustos antes de que nadie lo alcanzara. Una vez libre, y en vista de que tenía ocho años y ni un céntimo en el bolsillo, sólo le quedaba una salida: ir a casa de su abuela. Con toda seguridad, su abuela no iba a preguntarle nada, se alegraría de verlo y punto. Posiblemente no sabía que no era su verdadero nieto, o a lo mejor lo sabía pero no le importaba, lo quería de todas maneras tal como era, por lo que era.

La ocasión de fugarse se le presentó al cabo de pocos días. A primera hora de la mañana, Delicia Esquelética anunció que esa tarde organizarían una carrera recreativa por el campo. Sosteniendo una tarta de cumpleaños en la mano, los niños debían correr más de diez kilómetros sin probarla y sin que se les cayera. Al que llegara a la meta con la tarta intacta, se le permitiría encender las velitas y soplarlas. Al que se le cayera la tarta o la probara con el dedo, le tocaría repetir el recorrido.

En la salida, Michele se adelantó al resto de los niños. Llevaba una tarta de nata y fresitas de bosque. A los dos kilómetros del recorrido seguía en cabeza, y a los cinco, había sacado a todos sus compañeros una ventaja increíble. Fue entonces cuando abandonó el sendero y se internó en el bosque. Siguió corriendo hasta que se quedó sin aliento. Después se dejó caer sobre la raíz de un enorme árbol y se zampó la tarta.

Anochecía. Michele estaba solo en pleno bosque y no tenía ni idea de la dirección en la que se encontraba la casa de su abuela.

Era la primera vez que Michele dormía solo en un bosque.

La felicidad de haber logrado escapar de las garras de Delicia Esquelética no tardó en dejar paso al terror que le causaban la oscuridad y aquellos ruidos extraños. Los árboles, que de día eran amigos bondadosos, con la oscuridad se habían convertido en gigantescos seres malignos de brazos largos y uñas afiladas como garfios. El piar tranquilizador de los pajaritos dio paso a aullidos, crujidos, lamentos, pasos lentos y pesados, pasos veloces y alaridos imprevistos

y espeluznantes que parecían voces de demonios o de brujas.

–Soy un caballero –dijo Michele en voz alta para darse valor–. Soy un caballero y a nada puedo temer.

Cuando la luz del día comenzó a surgir por el extremo opuesto del bosque, seguía allí sentado, sobre la gran raíz; no había pegado ojo en toda la noche. Estaba cansado y tenía hambre, pero de todos modos se puso en camino.

Eligió una dirección al azar.

«Tarde o temprano –pensó Michele–, este bosque tendrá que terminar; tiene que haber un camino, una autopista, un sendero; alguien me recogerá en su coche y me llevará hasta la casa de la abuela.»

Caminó todo el día con el estómago vacío.

En lugar de volverse más escasos, los arbustos y los árboles eran cada vez más abundantes y hostiles. A Michele le costaba un esfuerzo enorme seguir adelante. Las espinas lo arañaban por todas partes y las moscas no le daban tregua. Hacía un calor espantoso. Para saber la hora, de vez en cuando Michele miraba hacia arriba. Más allá de las ramas y el follaje, el sol se volvía cada vez más rojo. Iba a anochecer de nuevo. Michele observó el lugar donde se había detenido. Se trataba de un pequeño claro idéntico a aquel en el que había pasado la noche anterior.

«¿Será posible que no me haya movido de aquí?», se preguntó.

Se acercó a la raíz que ya conocía y se sentó encima.

¿Qué ocurriría al día siguiente? ¿Llegaría a alguna parte? ¿O, como hacían los asnos viejos, iba a pasarse el resto de su vida dando vueltas alrededor del mismo lugar? ¿Sería un castigo por haber huido? ¿O se trataba de una especie de magia? ¿Qué era lo que le repetía sin cesar su madre postiza? La magia no existe.

El director de la clínica, Su Infinita Delgadez, también le había dicho lo mismo: en la vida no hay magias.

«¿Y si estuvieran equivocados? ¿Y si aquél fuera un bosque encantado?», pensó Michele. Y con estas preguntas en la cabeza, se durmió.

Al día siguiente, le ocurrió lo mismo que el día anterior, y la historia se repitió los dos días siguientes. Michele caminó y caminó por el bosque sin llegar nunca a ninguna parte.

Los árboles eran todos iguales, los arbustos eran todos idénticos y llenos de espinas, las mismas moscas de siempre lo perseguían y, cada noche, Michele se sentaba en la misma raíz. Todo seguía igual menos él: él se sentía cada vez más hambriento, más confundido y más cansado.

–¡Me he perdido! –exclamó la noche del quinto día, y se dejó caer como un fardo sobre la raíz de siempre–. Me he perdido y estoy solo en el mundo. Nadie me busca y nadie me va a encontrar. ¡Los únicos que me encontrarán serán los buitres cuando tengan hambre! ¡Qué fin más triste para un caballero!

Michele se secó con la manga las lágrimas que caían en abundancia, se sorbió los mocos con mucha fuerza, se tendió en el suelo y se durmió.

4

Giuseppe Pimpinela, que responde al nombre artístico de Míster Kakaleishon

Michele nunca había leído libros de cuentos, por eso ignoraba muchas cosas. No sabía que la magia existe de veras. Por caminos inescrutables y secretos los encantamientos se producen cuando uno menos se lo espera.

Aquella noche, Michele soñaba que se encontraba en casa de su abuela y que se comían una tarta de crema y chocolate cuando, de repente, se oyó una voz.

–¡Caramba, qué animal más raro! ¡En cueros vivos y sin *cachibigotes*!

En el sueño, Michele miró a su alrededor. Aparte de él y de su abuela no había nadie. Entonces abrió los ojos y echó un vistazo al claro y a los arbustos. ¿Quién le había hablado? Por ahí no se veía ni un solo ser humano.

«Tal vez –pensó Michele–, sean alucinaciones producidas por el hambre.»

Ni siquiera había terminado de pensarlo cuando la voz volvió a hablarle.

–Dime una cosa, ¿qué clase de cachorro eres?

–¿Y quién eres tú? –gritó Michele, que empezaba a impacientarse–. ¡Muéstrate si te atreves!

–Me estás viendo –le contestó la voz–. Mira hacia abajo, a la izquierda, cerca de la raíz de la *cachiencina*.

Michele miró y luego preguntó:

–¿Me estás tomando el pelo? ¡No hay nadie!

–Yo no soy nadie –dijo la voz, airada–, ¡soy el Hurón!

Michele miró mejor. En efecto, cerca de la raíz había un animal pequeño con el hocico afilado y el pelaje oscuro.

–¡Pero es imposible! –exclamó frotándose los ojos–. ¡No puedes ser tú! ¡Los animales no hablan!

–¿Quién te ha dicho eso? –preguntó el Hurón.

–Está escrito en los libros. Además, me lo ha dicho mi mamá... bueno, mi madre postiza –se corrigió al cabo de un instante.

El Hurón meneó la cabeza.

–Siempre he creído que no hay que fiarse de los *cachilibros*. No dicen más que mentiras.

–Pero entonces –dijo Michele–, ¿esto es... esto es magia?

El Hurón no contestó la pregunta. Con mucha parsimonia miró a Michele de la cabeza a los pies y luego volvió a preguntarle:

–Pero dime una cosa, ¿qué clase de cachorro eres tú?

–Soy un niño –contestó Michele, maravillado de estar hablando con un animal.

–¿Un niño? –repitió el Hurón–. ¿Un *cachiniño*? ¡Entonces eres un cachorro de hombre!

Michele nunca se había visto como un cachorro de nada. Lo corrigió:

–Soy un hombre pequeño. Quiero decir, que tengo pocos años, pero soy un hombre.

–Pues lo que yo digo, un cachorro –sentenció el Hurón. En dos veloces saltos se acercó a Michele–. ¿Sabes que es la primera vez que veo un hombre? ¡En este bosque son muy raros los cachorros de hombre!

Hizo una pausa, se irguió sobre las patas posteriores y le propuso:

–Oye, ¿quieres ser mi amigo?

Michele no lograba convencerse de que estaba hablando con un animal.

–Como quieras –contestó distraídamente.

Al oír aquella respuesta, el Hurón se encogió de hombros y con su nariz fría se puso a olisquearlo empezando por el cuello y siguiendo por todo el resto.

–¿Pero qué haces? ¡Te has vuelto loco! –gritó

Michele, tratando de obligarlo a bajar–. ¿Qué haces?

–Me estoy haciendo *cachiamigo* tuyo –repuso el Hurón, maravillado por aquella reacción–. ¿Vosotros no lo hacéis así?

Michele pensó entonces que, aparte de Neve, que se estaba quieta en su sitio y no tenía ni nariz ni lengua, nunca había tenido otros amigos.

Mientras tanto, el Hurón le hacía cosquillas por todas partes con los bigotes.

–Verás –dijo al cabo de un momento–, no, bueno, la verdad es que no lo sé. Sólo he tenido una amiga, una nevera.

–¿Una nevera? –repitió el Hurón–. ¿Y qué clase de cachorro es?

–No es un cachorro, es... es un aparato electrodoméstico. Cómo te diría yo... una cosa alta, blanca, con un montón de cosas ricas para comer en la barriga. Yo siempre comía cosas de las que tenía Neve.

–¡Ah, ya sé, es tu *cachimamá*!

Michele bajó la vista y lanzó un suspiro.

–Yo no tengo mamá.

–¡Por todas las madrigueras del mundo! ¿Cómo puede ser? –exclamó el Hurón–. Todos los cachorros tienen una mamá.

–Verás, yo tenía una, pero no era mi madre de verdad, era postiza.

–¿Cómo postiza? ¿De paja? ¿No serás un ca-

chorro de espantapájaros? –le preguntó el animalito.

–¡Claro que no! –contestó Michele.

–Vamos a ver, déjame que adivine –le pidió el Hurón, adoptando un aire pensativo–. Vamos a ver... vamos a ver... No tienes una *cachimami* de verdad... duermes solo en el bosque... estabas en un colegio y te has escapado... ¿Te maltrataban? Sí, ¿verdad? Un poquito sí. Veamos... hum... ¿tienes una *cachibilletera*?

–No.

–¿Un talonario de cheques?

–Tampoco.

–Hum... ¿por una de esas casualidades no estarás yendo a casa de tu abuela, eh?

–¡Sí! –exclamó Michele–. ¿Cómo lo has adivinado? Justamente iba a casa de mi abuela cuando me perdí en el bosque.

–¡Ya lo tengo! ¡Fácil como hacer sopa de lombrices! ¡Ya sé lo que eres! ¡Un niño *cachiabandonado*! ¡Seré tonto! ¡Míster Kakaleishon me lo dijo un montón de veces!: «Si vas al bosque a pasear, a un niño abandonado podrás encontrar».

El Hurón se rascó una oreja y suspiró.

–A lo mejor estás triste y todo.

–Tengo hambre –repuso Michele, porque para él tener hambre y estar triste eran la misma cosa.

–Entonces sígueme, vamos a ver a Míster Kakaleishon.

De repente, Michele empezó a sospechar.

–Un momento –le dijo–, ¿y quién es ese Míster?

–Un *cachiamigo* mío –le contestó el Hurón–, tiene un olor exquisito y sabe un montón de cosas. ¿Vamos?

Michele no sabía qué hacer. Estaban ocurriendo unas cosas de lo más extrañas. Un animal que hablaba, un señor con un nombre como aquél y un olor exquisito, un bosque donde se caminaba siempre en círculos...

¿Y si todo aquello no fuera más que un sueño?

Michele intentó morderse con fuerza un dedo. ¡Aay! No era un sueño, era la pura realidad. También era cierto que llevaba cinco días en el bosque, solo y sin nada que comer.

«Si sigo aquí un día más –pensó–, ¡me convertiré en canapé para buitres!»

–De acuerdo –le dijo Michele al Hurón–, te sigo.

Como si fuera un cuello de piel, el animalito continuaba sobre sus hombros y no daba señales de querer bajarse.

–Te diré una cosa, *Niñoaban* –le susurró a Michele hablándole directamente al oído.

–¡No me llamo *Niñoaban*! –lo interrumpió Michele–. Me llamo Michele.

–Ah, perdona –se excusó el Hurón–. Te diré una cosa, Mik, ¿te importa si sigo aquí arriba? Vosotros, los niños *cachiabandonados* sois tan blanditos y grandotes que... aquí se está de maravilla.

Michele se sentía feliz. Era la primera vez que a alguien le gustaba su gordura.

–No, no me importa –le contestó y, siguiendo las indicaciones de su amigo, se internó en el bosque.

Michele y el Hurón caminaron y caminaron y caminaron. Cada vez que Michele le decía:

–Estoy cansado.

El otro le contestaba:

–Vamos, vamos, que falta muy poco.

Y así siguieron andando sin parar. Hacia el

anochecer, el bosque se fue haciendo menos espeso. Michele aspiró con fuerza para oler el aire.

–Huele a mar –dijo.

–Claro –dijo el Hurón–. Míster Kakaleishon vive a orillas del mar. Ya casi hemos llegado. Sigue derecho seis pasos, gira alrededor de aquella retama y luego todo a la izquierda.

Michele obedeció y, al final, fue a parar a una enorme playa llena de dunas, con un mar azul intenso recorrido por un fuerte oleaje.

–¿Ves aquella columna de humo? –le preguntó el Hurón–. Hacia allá tenemos que ir.

Anduvieron un poco más, hundiéndose en la arena. Entonces, de repente, toparon con una casita. Era pequeña, con el tejado a dos aguas; en lugar de estar hecha de madera y ladrillos la habían construido superponiendo un montón de vallas de publicidad. Delante de la casa había un hombre más ancho que alto, con una enorme barba blanca. Llevaba una túnica larga hasta los pies, compuesta por páginas de periódico pegadas. En la mano tenía una hoja de papel de ordenador y daba la sensación de que los estaba esperando.

El Hurón se bajó de un salto del hombro de Michele y corrió velozmente hacia el hombre.

–¡Míster! –gritó–. ¡Traigo una sorpresa!

En cuanto se hubo acercado, Michele le tendió educadamente la mano.

–Me llamo Michele y...

–Ya lo sé todo, muchacho –lo interrumpió Mister Kakaleishon, y se puso a leer el papel que tenía en la mano–. Veamos... hum... Aquí está. Cabello castaño... sí. Ojos verdes... sí. Edad aparente ocho años... la edad coincide. Notablemente sobrado de peso y hummm, dime una cosa, ¿tú tienes madre?

–Sí, señor –repuso Michele–, es decir, no, bueno, tengo una pero es postiza.

–¡Extraordinario! –exclamó el hombre–. ¡Justo el niño que estaba buscando! –Acto seguido, se presentó a Michele–: Yo soy Míster Kakaleishon, y éste que acabas de conocer es mi ayudante Hur Hur Hurón.

«¿Ayudante de qué?», iba a preguntar Michele, a quien las cosas le parecían cada vez más confusas, pero antes de que lograra abrir la boca, Míster Kakaleishon lo había agarrado por un brazo y lo arrastraba hacia la casita.

Por dentro parecía mucho más grande que vista de fuera. Sólo había una habitación con una mesa y algunas sillas en el centro, y las paredes estaban cubiertas desde el suelo hasta el techo de pantallas de ordenador. Algunas estaban encendidas y otras no; por el suelo se extendían decenas y decenas de cables eléctricos que iban a parar a un rincón, donde se veía un inmenso teclado.

–De momento, siéntate –le ordenó Míster Kakaleishon en cuanto entraron–. Me imagino que tendrás hambre.

–Pues sí, señor –respondió Michele, cuya barriga ululaba a más no poder–, tengo un poco de apetito.

–Bien, bien, vamos a ver –Míster Kakaleishon se acercó al teclado. Hablaba entre dientes y mientras hablaba iba pulsando teclas–. Vamos a ver... niño de ocho años, ligeramente sobrado de peso, ayuna desde hace ocho días, actividad preferida: no hacer nada; nombre: Michele... Aquí está: ¿comida preferida?

En la habitación resonó el eco de un ruido. «¡Ping, pang!», se encendió una pantalla y la impresora vomitó un trozo de papel. Míster Kakaleishon lo arrancó de la máquina y leyó en voz alta:

–Comidas preferidas: flanes y medialunas, también llamadas cruasanes. ¿Es así, muchacho?

–Sí, señor –respondió Michele cada vez más asombrado–. Así es, efectivamente; me encantan los flanes y los cruasanes.

–Perfecto... entonces ponte la servilleta, dentro de un minuto todo estará listo.

–Pero –dijo Michele, que no veía hornos ni neveras por ninguna parte–, ¿cómo es posi...?

Antes de que acabara la frase, Míster Kakaleishon pulsó una tecla; en la pantalla aparecieron por un instante todo tipo de flanes y cruasanes; pulsó otra tecla, la comida desapareció del monitor y, al cabo de un segundo, se materializó sobre la mesa.

Míster Kakaleishon apagó el ordenador y se acercó a la mesa.

–No hagas cumplidos, muchacho, todo lo que ves aquí es para ti.

Michele no se hizo rogar. Con una mano aferró un cruasán y con la otra, una cuchara, que hundió en el flan. Al cabo de diez minutos, sobre la mesa no quedaban más que migajas y platos sucios. Michele había comido tanto que para respirar tuvo que desabrocharse los pantalones. Hacía mucho tiempo que no se sentía tan bien, con aquel calorcillo reconfortante en la barriga. Míster Kakaleishon se había sentado delante de él y lo miraba.

–Pues bien, ¿te ha gustado? –le preguntó.

–Estaba exquisito –respondió Michele.

Hizo una pausa. La comida le gorgoteaba en la barriga con un ruido infernal. Quería hacer una pregunta, pero le daba un poco de miedo. Todavía no tenía muy claro quién era aquel hombre. ¿Era un mago bueno o un loco? ¿Podía uno fiarse de él o no? Al final, en vista de que por el momento se veía obligado a seguir allí, se decidió a hablar.

–¿Cómo hizo para saber que me gustan los flanes y los cruasanes? –le preguntó.

Míster Kakaleishon se echó a reír.

–¡Es simple como una partícula de silicio! Me lo ha dicho una de tus amistades.

–¿Cómo puede ser? Pero si yo no tengo amigos –protestó Michele.

–¿Estás seguro, seguro? –inquirió Míster Kakaleishon, y volvió a acercarse al teclado.

–Claro que sí, soy un niño gordo y no...

Se encendió un monitor en medio de la pared. Michele lo miró. En él vio unas líneas blancas y negras que surcaban muy veloces el aparato. De repente, las líneas desaparecieron y comenzó a formarse una imagen. Parecía una cosa blanca, alta y reluciente.

–¿La conoces? –preguntó Míster Kakaleishon.

–¡Pero si es Neve! –gritó Michele poniéndose en pie de un salto–. ¿Cómo es posible? Entonces ha sido ella la que...

La expresión de Míster Kakaleishon cambió repentinamente. Parecía como si algo lo perturbara.

«A lo mejor he hablado demasiado», pensó Michele.

–¡Y ahora basta! –exclamó Míster Kakaleishon–, ya he perdido demasiado tiempo.

Agarró a Michele por los hombros, lo sacó a empellones y cerró la puerta.

Aquella tarde, paseando por la playa con Hur Hur Hurón, Michele se enteró de muchas cosas de la vida de Míster Kakaleishon.

En realidad, Míster Kakaleishon se llamaba Giuseppe Pimpinela, y antes de retirarse a vivir a la playa, había sido un gran inventor de aparatos electrónicos. En realidad, el suyo era un nombre artístico, derivado de uno de sus dos inventos más extraordinarios: el KakDetector y la MokAlarma.

El primero, le explicó el Hurón gesticulando, erguido sobre las patas traseras, era un sensor diminuto que se aplicaba a la punta del zapato. En cuanto en la acera aparecía una caquita o una cacona de perro, el KakDetector sonaba discretamente para advertir a su propietario del inminente peligro, es decir, que estaba a punto de meter el pie en algo blando y oloroso.

El segundo, la MokAlarma, era un minúsculo vibráfono de resonancia. Se colocaba normalmente en el cuello de la camisa y resultaba de gran utilidad para conferenciantes, políticos, profesores y todas las damas de la alta sociedad. En una fracción de segundo, el aparato era capaz de interceptar todo tipo de mocos que salieran de la nariz. Cuando se producía el descenso de mucosidades, el aparato emitía un ruido idéntico a un estornudo, con lo cual, el usuario estaba avisado del riesgo que corría.

Michele escuchaba con atención. Aquellos dos aparatos eran realmente extraordinarios. Todavía recordaba aquella vez en la escuela, cuando la maestra había dado una clase entera con un moco filamentoso que le colgaba de la nariz. Nadie había tenido el valor de decírselo, y cuando la señorita les había gritado a voz en cuello: «¡Os suspenderé a todos!», el moco se había despegado y, después de describir un breve vuelo, fue a aterrizar sobre el niño del primer banco.

–Son unos inventos maravillosos –dijo Michele, entusiasmado–, ¡utilísimos!

–Claro que sí, Mik. Míster Kakaleishon es el inventor más requetemaravilloso del mundo, no hay duda, pero ocurre que... ocurre que es un poco... un poco distraído.

–¿Cómo de distraído?

–De vez en cuando se confunde; en una palabra, se *cachiconfunde*. Por ejemplo, el KakDetector tenía que haber sido un *cachitriunfo* pero fue un *cachidesastre*.

–¿Por qué? ¡Es una idea fantástica! Mi madre postiza gritaba siempre como una loca cada vez que con los tacones de aguja pisaba una de esas...

–Una idea magnífica, requetegenial, pero lo que pasó fue que Míster Kakaleishon construyó también unos modelos defectuosos, y adivina a quién fue a *cachiparar* uno de esos modelos.

–Ni idea. ¿A su maestra?

–¡No, no, algo mucho peor! ¡Requetepeor! El modelo más defectuoso de todos fue a parar al Jefe Supremo de todos los Superinstitutos *Cachicientíficos* del mundo y de la *cachigalaxia*.

–¿No funcionó?

–¡No, algo requete-requetepeor! Al construirlo, Míster Kakaleishon invirtió el circuito de un sensor, justamente el *cachisensor* que servía para alejar las *cachicaquitas*. ¿Sabes lo que pasa cuando se invierte un sensor?

–Supongo que hace todo lo contrario de lo que tiene que hacer, ¿no?

–Sí, ¿y entonces?

–¡Qué espantoso! –gritó Michele, viendo la escena como si estuviera ocurriendo ante sus ojos.

–Exactamente, mi querido Mik, *cachiespantoso*. Todas las cacas de todos los animales presentes en un radio de tres kilómetros se abalanzaron sobre él a toda velocidad. Por *cachidesgracia*, aquella tarde había pasado por allí un circo con camellos y *cachielefantes*. En fin, como comprenderás, mi querido Mik, una *cachicatástrofe*. Tuvo que abandonar deprisa y corriendo su laboratorio y refugiarse aquí.

El Hurón lanzó un suspiro y añadió:

–¡Quién sabe todas las KakAlarmas defectuosas que habrá dejado desperdigadas por ahí!

–Es una historia de lo más triste –comentó Michele, y de una patada lanzó una caracola al agua.

Después pensó en todos los ordenadores y cables eléctricos que había visto en el laboratorio. Con la esperanza de conseguir una explicación, le preguntó al Hurón:

–Pero no ha dejado de trabajar, ¿verdad?

–¡Claro que no! Un *cachiinventor* nunca puede dejar de inventar.

–¿Y ahora qué es lo que está inventando? –le preguntó Michele, preocupado.

–Una *cachicosa* grandísima. Es tan, pero tan grande que *cachicambiará* el mundo entero. Pero –añadió el Hurón– no te lo puedo decir. Si te lo digo, me hará callar para siempre. ¡Es Topo Secreto!

–¿Un topo invisible? ¿Y para qué sirve un topo invisible?

–¡Ay, Mik! Un Topo Secreto es un secreto requetesecretísimo, algo que no se puede contar ni por todas las grosellas y los gusanos cocidos del mundo.

Siguieron caminando en silencio por la playa.

«Qué sitio más raro –pensó Michele mirando a su alrededor–. Hay sol, hace calor y no se ve un solo bañista, ni un solo heladero, ni una tabla de *windsurf*, ni una barca de remos, nada.»

Además, la Clínica del doctor Fideus no estaba cerca de ningún lugar costero. La playa más próxima se encontraba por lo menos a trescientos kilómetros. ¿Acaso era posible que en cinco días hubiera cubierto a pie toda esa distancia?

Cuando el sol comenzó a ocultarse por el horizonte, Hur Hur le propuso que volvieran. En el camino de regreso, comenzó a soplar un viento muy fuerte desde el mar. Michele tuvo la impresión de que no se trataba de un viento normal.

Entre los aullidos le pareció oír unas voces. Michele escuchó con más atención.

–¿Qué viento es éste? –le preguntó al Hurón.

–Es un *cachiviento* como cualquier otro –repuso Hur Hur, molesto, y para no tener que hablarle, echó a correr.

Llegaron a casa con los últimos rayos de luz. Míster Kakaleishon interrumpió su misterioso trabajo y pidió por ordenador una cena tan igualita al almuerzo que ni calcada.

Por primera vez en su vida, Michele no tenía mucha hambre. La única bombilla que había en medio de la habitación despedía una luz débil que hacía que el ambiente resultara mucho más lúgubre que a la hora del almuerzo. Michele empezó a tener miedo. No tardaría en irse a la cama. ¿Qué ocurriría aquella noche? ¿Sería cierto todo lo que le había contado el Hurón? Míster Kakaleishon seguía dando vueltas entre sus máquinas, se le veía muy atareado. ¿En qué estaría trabajando? Michele buscó a Hur Hur con la mirada. Había desaparecido.

En vista de que Míster Kakaleishon no se dignaba siquiera a mirarlo se le ocurrió marcharse a la playa a buscarlo. Se acercó a la puerta de puntillas y cuando la había cerrado a sus espaldas, le pareció oír al otro lado la voz de Neve.

–¿Bzzzzapbrrr? ¡Zuutrrr!

¿Sería verdad? ¿Estaría soñando? ¡No, no estaba soñando! ¡Era su voz! Neve estaba allí y hablaba con alguien. La había oído decir claramente su nombre y después sus títulos nobiliarios: Corazón de Melón, marqués de Flanes y de la Medialuna.

Michele no resistió la tentación de curiosear. Por suerte, el agujero de la cerradura era bastante grande y algo alcanzaba a ver. Ahí estaba Míster Kakaleishon, de pie, delante de los monitores. ¿Qué era lo que aparecía en las pantallas? En las dos que a duras penas entraban en su campo visual aparecían unas líneas en blanco y negro, en la tercera... ¡Increíble! En la tercera pantalla se veía la cocina de su casa y Neve, blanca e impasible, dominaba en el centro.

¡Neve hablaba de él con Míster Kakaleishon!

Mientras Michele estaba con el ojo pegado a la cerradura, uno de los dos vídeos se iluminó y en él, en lugar de las rayas en blanco y negro, Michele vio aparecer su propia imagen espiando por el ojo de la cerradura.

¡Afuera había una cámara de seguridad!

No atinó siquiera a apartarse porque Míster Kakaleishon se abalanzó sobre él y le gritó:

–¡Espión!

Fue tal el susto que se pegó Michele que notó que las piernas se le derretían como dos helados fuera del congelador.

–No... no he... no he visto nada... señor –balbuceó, mientras Míster Kakaleishon lo arrastraba hasta el laboratorio–. Nada, se lo ju... juro... yo so... sólo estaba...

Míster Kakaleishon ni siquiera daba señales de oírlo. Lo hizo sentar en una silla y se le puso delante.

–Muy bien, muchacho –suspiró–, mejor dicho, muy mal, lo has descubierto todo.

Michele intentó volver a negarlo.

–Paciencia –prosiguió Míster Kakaleishon–, de todos modos, tarde o temprano te habrías enterado, porque cuanto estoy haciendo te toca de cerca, de muy cerca.

Michele se puso a temblar como una hoja.

–Imagino que me has oído hablar con tu amiga Neve –le dijo Míster Kakaleishon.

–No, señor, es decir... sí.

–Verás, hace ya bastante tiempo que estoy en contacto con Neve; bueno, con ella y con decenas de lavadoras. Estoy en contacto con licuadoras, con máquinas de cortar césped, con tostadoras de pan, con aspiradoras y con sus primos los sacudidores de alfombras. Además, últimamente he entablado un diálogo constructivo con las yogurteras y los hornos de microondas. Por medio de mis ordenadores, hablo con ellos todos los días, y ellos me contestan todos los días.

–¿Entiende el idioma de Neve? –le preguntó Michele.

–Claro que sí, muchacho, entiendo a la perfección el idioma de Neve y el de todos los demás electrodomésticos. Acabo de decírtelo, ¿no? Hablo con ellos todos los días. Si no hubiera sido por ella, nunca habrías salido del bosque.

–¡Entonces fue ella! –exclamó Michele, feliz de que Neve no lo hubiera abandonado–. ¿Fue ella la que le dijo que me gustan los flanes y los cruasanes?

Míster Kakaleishon lanzó un suspiro y respondió:

–Sí, Mik. Neve me lo contó todo sobre ti, lo de tu mamá postiza, lo de los regímenes y todo lo demás. En fin, que me dijo que eras un niño bueno e infeliz.

–Es cierto, señor –murmuró Michele, conmovido por su propia situación–, es muy cierto, pero ¿qué le voy a hacer si me gusta comer?

–El problema no está en eso –le comentó Míster Kakaleishon–, es decir, parece que radica en eso y sin embargo, está en otra parte. Verás –prosiguió, rascándose la barba–, hace unos años, vino a verme un niño que me había mandado una lavadora un poco vieja, una de mis más queridas amigas, en fin, para abreviar, te diré que el niño era hijo de un escritor y una poetisa. Sus padres querían que se pasara el día en la oscuridad de una biblioteca, que se estuviera más tiempo quieto que en movimiento. Pero a que no adivinas cuál era su pasión.

–¿Comer?

–No, su pasión era el rugby. ¡Si lo hubieras visto! Era alto y fuerte como un toro. Tenía madera de campeón. Sus padres lo tenían todo el santo día encerrado en su casa, y así fue como se hizo amigo de la lavadora. Se sentaba delante y le repetía: «¿Cuándo lavarás mis camisetas sucias de barro cuándo lavarás mis camisetas sucias de barro cuándo lavarás mis camisetas sucias de barro...?». Como es lógico, y para abreviar más aún, lo salvé. Pero ahora...

–¿Ahora qué? –preguntó Michele, que veía peligrar su futuro.

–Ahora –dijo Míster Kakaleishon–, aunque tuviera diez ayudantes no lograría hacer nada. Muchacho, la situación se ha desbordado, cada día recibo miles y miles de llamadas de electrodomésticos de todo el mundo: aquí hay un niño que es infeliz por esto, allá hay otro que es infeliz por aquello. Si las atendiera todas, me volvería loco, créeme.

–¿Y entonces?

–Entonces, el origen del problema está mucho más atrás, muchacho. O sea, que los padres no están contentos con sus niños.

–¿Porque comen demasiado?

–Algunos comen demasiado y otros muy poco; algunos hablan demasiado y otros están demasiado callados; a algunos les gusta mirar las nubes, mientras que otros nunca han mirado el cielo. En una palabra, que hoy en día no hay un solo niño en el mundo que conforme a nadie.

–¿Ni siquiera los que tienen una madre verdadera? –preguntó Michele pensando en su situación.

Míster Kakaleishon lanzó un suspiro más profundo que el primero y se arregló una hoja de periódico de la túnica que se le había torcido.

–No, muchacho, ni ésos, ni los huérfanos.

–¿Y entonces?

–Entonces, así son las cosas: hay algo extraño en todo esto.

–¿Un hechizo? –preguntó Michele, a esas alturas ya casi convencido de su existencia.

Míster Kakaleishon no le contestó sino que siguió diciendo:

–Con todos estos aparatos que ves aquí, a lo largo de estos años he realizado una serie de estudios. En fin, para abreviar, te diré una cosa, tengo sospechas, graves sospechas. No sé cómo decírtelo... tenemos que tomar medidas ahora mismo.

–¿Tenemos? –repitió Michele. No podía dar crédito a lo que oía–. ¿Tenemos?

–Claro, tú y yo tenemos que hacer algo, por eso hice que vinieras aquí.

–Pero yo...

–¿Quieres decir que Neve estaba equivocada? ¿Que no eres un caballero?

Herido en lo más profundo, Michele se puso en pie de un salto.

–¡Sí, señor! ¡Soy Corazón de Melón!

–¿Y no tienes miedo a nada?

–¡A nada, señor! –gritó a voz en cuello Michele, y mentía; era tal el miedo que tenía que el rollo de grasa de la barriga le temblaba.

Michele y Míster Kakaleishon se pasaron toda la noche en vela. En cuanto se hubo asegurado de que el niño era un verdadero caballero y de que no tenía miedo a nada, Míster Kakaleishon empezó a explicarle cuál era el origen del problema, que venía de muy atrás.

–Fíjate en esto –le dijo, encendiendo una pantalla–. ¿Qué es lo que ves?

En el monitor aparecieron montones de rascacielos que llegaban casi hasta el cielo.

–Una ciudad, señor –contestó Michele.

–¿Y qué ves en la ciudad?

–Muchos coches y mucha gente corriendo, señor.

–¿Cómo te parece esa gente?

–Delgada –contestó Michele, a quien el peso era lo primero que le saltaba a la vista.

–¿Delgada y qué más?

Míster Kakaleishon congeló la imagen en el vídeo. Se veía el primer plano de una decena de personas inmovilizadas. Michele las observó bien. Aquellas caras tenían algo que le resultaba familiar. Las conocía o... ¡Claro que sí! Ya lo sabía, tenían la misma expresión que su mamá postiza, igualita.

–Tienen prisa, Míster Kakaleishon y parecen... parecen... un poco nerviosas.

–Exactamente, Mik, has dado en el clavo. Están muy nerviosas. Ahora fíjate en esta otra imagen.

En el vídeo apareció una ciudad no muy distinta de la anterior. Míster Kakaleishon repitió las mismas preguntas. Después de observar bien las imágenes, Michele le dio las mismas respuestas.

–Tienen prisa y están nerviosas.

En el vídeo se vieron otras tres o cuatro ciudades. Por el color de la piel de los habitantes, Michele dedujo que pertenecían a continentes distintos. Sin embargo, las expresiones de las caras eran casi todas iguales. Todos tenían prisa y todos estaban nerviosos.

Pasaron a otro monitor.

–Y ahora, Mik, fíjate en esto.

Se encendió una pantalla en color. Poco a poco se formó la imagen de un rebaño en los Alpes. La hierba era de un verde brillante y sobre la hierba, de pie o tumbadas, había un montón de vacas.

–¿Qué ves, Mik?

–Unos prados, señor.

–¿Y qué más?

–Muchas vacas.

–¿Y cómo son?

–¡Vaya pregunta! ¡Las vacas son todas iguales! ¡No tienen cara!

–*¡Cachipuuum!* –gritó el Hurón que, entretanto, había vuelto a aparecer–. ¡Qué respuesta más estúpida de *cachihumano*!

–Mik –dijo Míster Kakaleishon mirándolo fijamente a los ojos–, ¿las neveras son todas iguales?

Michele pensó en Neve y en la nevera que había en la casa de su compañero de banco.

–Claro que no, no hay dos neveras parecidas.

–¿Lo ves? Fíjate otra vez en las vacas.

–Bueno, ¿qué le puedo decir? Parecen tranquilas. Pero las vacas siempre están tranquilas.

–Entonces fíjate en esto.

Cambió la imagen del vídeo. En lugar de vacas apareció una manada de leones.

–¿Y éstos qué? –le preguntó Míster Kakaleishon.

–Son leones. Duermen y se rascan la barriga.

Míster Kakaleishon apagó todos los monitores con un interruptor.

–Por lo tanto, muchacho, dado que los leones duermen y que las vacas están tranquilas, se deduce que...

Michele no entendía nada.

–Señor, las matemáticas no son mi fuerte.

–Inténtalo.

–Bueno, a lo mejor sí. Vamos a ver, si los leones duermen y las vacas están tranquilas, quiere decir que los leones no se comen a las vacas...

–¡No! –aulló Míster Kakaleishon–. ¡Requeterradísimo error! Si las vacas están tranquilas, los leones duermen y la gente va de aquí para allá corriendo como loca quiere decir que... quiere decir que...

–Que tiene prisa –musitó Michele con una voz pequeñita.

–¡No! –A Míster Kakaleishon le temblaba la barba–. No, si la gente va de aquí para allá corriendo como loca quiere decir que en el mundo hay algo equivocado: he aquí el origen de todo el problema. ¿Entendido, caballero mío?

Michele no había entendido nada, pero de todos modos, gritó:

–¡Sí, señor! –y se puso en posición de firmes.

Míster Kakaleishon miró la hora en una esfera luminosa y exclamó:

–¡Por todas las resistencias! Ya se nos ha hecho muy tarde. Es hora de que empecemos a trabajar. Mik, tú te pondrás allí; Hur Hur, tú baja la palanca «Pix».

–Deprisa, Míster Kakaleishon –gritó el Hurón, feliz de que hubiera comenzado el plan Topo Secreto, y desapareció en el interior de un cuartito. Al cabo de unos segundos, desde dentro chilló–: *Cachilisto*, Míster Kakaleishon.

Desde un rincón, Michele lo observaba todo atentamente. El suelo del cuarto comenzó a temblar; temblaron el suelo y la casa entera. Parecía como si los ordenadores y todo lo demás estuvieran a punto de despegarse de las paredes; tembló todo hasta que, con un chirrido tremendo, se despegaron dos tablas del suelo. Se abrió un agujero negro y, poco a poco, del agujero negro salió una especie de jaula de cristal. Después, las tablas se cerraron otra vez con un golpe seco y chirriante y todo volvió a la calma.

Michele examinó aquel extraño instrumento: por sus dimensiones, permitía albergar a un niño y estaba rodeado de infinidad de cables eléctricos multicolores. Sólo de verlo le temblaron todos los michelines del cuerpo. ¿Para qué serviría aquella cosa? Michele tenía un extraño presentimiento, pero no se atrevía a hablar.

Entretanto, Míster Kakaleishon había sacado un plumero de su túnica y se había puesto a quitarle el polvo al aparato como si se tratara de su viejo coche.

–¿Quieres comer algo, Mik? –le preguntó en cuanto hubo terminado.

A Michele el estómago se le había cerrado como una caja fuerte.

–¿A... ahora? ¿Y po... por qué tengo que comer a... ahora?

Míster Kakaleishon se encogió de hombros.

–No sé, te lo preguntaba porque siempre es mejor trabajar con el estómago lleno.

–Pero Míster Kakaleishon, yo no sé trabajar –respondió Michele tratando de disimular el temblor.

–Por el momento, no tendrás más que sentarte ahí dentro.

–¿A... ahí dentro? Pe... pero ¿qué es eso? ¿U... una ma... una máquina del tiempo?

–No hagas preguntas, muchacho. Ponte una hoja, que tiemblas como un abrigo. Sería algo muy serio si te resfriaras ahora. Hur, Hur, acompáñalo a su puesto –ordenó Míster Kakaleishon.

El Hurón obedeció y, con una reverencia, abrió de par en par la puertecita de cristal.

–Por favor, *cachicaballero*, ponte cómodo.

Michele se sentó en el taburete que había en el medio, Míster Kakaleishon se le acercó y le conectó unos cables eléctricos a los brazos, la cabeza y las piernas.

–Mik, ahora te haré unas preguntas –le dijo al salir–, y tendrás que ser sincero.

–De... de acuerdo, Mi... Míster Kakaleishon –contestó Michele.

Siguió un silencio. Míster Kakaleishon se acercó al teclado y encendió todos los mandos eléctricos del laboratorio. Michele cerró los ojos.

«Ay, madrecita mía –pensó–, ¿por qué no habré sido obediente? ¡En lugar de estar aquí, estaría en un parque contigo y con papá haciendo ejercicio!» De repente, el miedo le hizo parecer maravilloso todo aquello que siempre había odiado.

–¿Todo en orden? –preguntó Míster Kakaleishon.

–¡Todo en *cachiorden*! –contestó el Hurón, después de haber comprobado que la jaula estaba cerrada.

–To... todo en o... orden –murmuró Michele con un hilo de voz.

–¡Estupendo! Comencemos. Vamos a ver... vamos a ver –Míster Kakaleishon hurgó en los

bolsillos de la túnica–. ¿Dónde está el impreso? Ah, sí, aquí lo tengo.

Michele vio que Míster Kakaleishon sacaba una especie de libraco de cocina.

–Vamos a ver... página... página...

–¡Página *cachitrescientos* veintiuno! –sugirió Hur Hur con una extraña sonrisa.

–Bien, bien, página trescientos veintiuno. –Míster Kakaleishon adoptó una postura solemne y en voz alta leyó–: Hum, tú, Michele Fuschellini, aquí presente, ¿confirmas delante de los testigos que eres el marqués de Flanes y de la Medialuna?

–S... sí –murmuró Michele.

–¿Confirmas que el título de caballero te fue concedido por la Nevera marca Pingüinik, modelo 812, el 3 de marzo de 1988?

–S... sí, Mi... Míster Kakaleishon.

–¿Y que tu nombre de batalla es Corazón de Melón?

–Sí, señor.

–¿Y que no tienes miedo a nada?

–No tengo mi... miedo a nada. Pu... puedo luchar co... contra dragones y be... besar ra... ranas.

–Magnífico. ¿Y estás convencido de que en el equivocado hay algo origen, es decir, que no te gusta cómo funciona el mundo?

–Sí –contestó Michele preguntándose qué sería lo que estaba equivocado en el origen.

–En una palabra, ¿estás dispuesto a luchar para la DEDO?

–¿La dedooo? –exclamó Michele.

–DEDO, Mik –dijo con aire severo Míster Kakaleishon–. ¡DEDO!

Michele guardó silencio un instante. Después, como no podía hacer otra cosa, se armó de valor y con un hilo de voz murmuró:

–Sí.

–¡Perfecto! –exclamó Míster Kakaleishon, satisfecho–. Se deduce que podemos continuar. ¿Hur Hur?

–*Cachisí*, Míster Kakaleishon.

–¡La página de la fórmula!

–Tres mil uno, señor.

Míster Kakaleishon hojeó el libraco.

–Dos mil novecientos noventa y nueve... tres mil... tres mil dos... ¡Hur Hur!

–¿Sí, Míster Kakaleishon?

–¡Falta la página que necesitamos!

El Hurón se encogió de hombros.

–Habrán sido los *cachirratones*. Son unos fanáticos de la *cachicultura*.

Atado a la silla, Michele lanzó un suspiro de alivio y preguntó:

–¿Y entonces qué?

Míster Kakaleishon cerró el libro.

–Ahora no podemos parar, de lo que se deduce que trabajaré de memoria.

Michele se acordó de lo que el Hurón le había dicho: «Míster Kakaleishon es muy, pero que muy distraído». Se le hizo un nudo en la garganta. A duras penas lograba respirar.

Entretanto, Míster Kakaleishon se había acercado a la jaula. Se quedó ahí de pie, con los ojos cerrados y las manos tendidas hacia delante. Comenzó a hablar. Su voz sonaba mucho más hueca que antes.

–Mariposa maravillosa, levanta vuelo sin desvelo y... y...

El Hurón le tiró de la túnica y le dijo:

–¡Míster Kakaleishon, que ésa es la *cachirreceta* doscientos cincuenta!

Míster Kakaleishon abrió los ojos y repuso:

–Tienes razón, Hur Hur, estaba a punto de cometer una terrible equivocación. Veamos, hum, volvamos a comenzar desde el principio.

–*Corassonismantequibus riquissimus secretissimum transvolatumen et rebotantissimus...*

–Míster Kakaleishon –gritó entonces el Hurón tirándole de la túnica–. Que se equivo...

Míster Kakaleishon estaba tan concentrado que no se enteraba de nada.

–*... Rebotantissimus atque untuosissimus per omnia cielum volandum per seculissimus muchilandisimus ex corassonis intrepidus.* ¡Pimpim camalí, pimpim camalá, el hechizo ahora se realizará!

Desde las primeras palabras, Michele notó que algo le ocurría a su cuerpo; sentía un hormigueo que le iba subiendo desde los dedos de los pies hasta la nariz, y que de la nariz le bajaba hasta los dedos de los pies. El hormigueo se fue acentuando más y más, y en cuanto Míster Kakaleishon terminó de pronunciar la fórmula, en ese mismo instante, Michele se vio aplastado contra el techo: iba de aquí para allá entre las vigas, como si tuviera alas.

Míster Kakaleishon volvió a abrir los ojos.

–¿Dónde está Mik? –preguntó al ver la jaula vacía.

–¡*Cachiallá* arriba! –contestó el Hurón riendo.

–¡Míster Kakaleishon! –gritó Michele–. ¿Cómo hago para bajarme de aquí?

–Cierra las alas y planea hacia abajo.

–¿Las alas? –repitió Michele, que todavía

no se había dado cuenta de que ya no era un niño.

–¡Sí, las alas, las *cachialas*! –chilló Hur Hur–. Ten cuidado y no vayas a darte de morros contra el suelo como hacen todos los *cachimurci*...

Míster Kakaleishon lo mandó callar con un gesto.

–¿Como hacen todos los queeé? –chilló Michele, y al ver sus ex brazos transformados en alas sintió que la sangre se le helaba en las venas.

–Baja –le ordenó, terminante, Míster Kakaleishon– y déjate de cuentos.

Michele obedeció. Plegó las alas un poco a la derecha y un poco a la izquierda, inclinó la cabe-

za hacia abajo e inició el descenso. En cuanto logró aterrizar agarrándose con las patas al respaldo de una silla, lanzó un grito de espanto. En una pantalla apagada de ordenador, había visto su imagen reflejada como en un espejo.

–¡Míster Kakaleishon! –gritó–. ¡Me he convertido en murciélago!

Míster Kakaleishon se acarició la barba.

–Vaya, un fallo, un pequeño tropiezo.

–¿Pe... pequeño tro... tropiezo? –balbuceó Michele y, por un instante, se preguntó si los murciélagos serían capaces de llorar.

–Pequeñísimo, Mik. En lugar de transformarte en un albatros, te he convertido en un murciélago, pero en un murciélago especial, mejor dicho, muy especial.

Michele notó que de los ojos le brotaban copiosas lágrimas que le mojaban el pelo del hocico.

–Pero Míster Kakaleishon –murmuró sollozando–, yo... yo... yo quiero ser un niño...

–¡No digas bobadas! –atronó Míster Kakaleishon–. Lo importante es lo que sientes por dentro, el aspecto es lo de menos. Para la primera fase de nuestro plan DEDO, es preciso que vueles sin hacer ruido, de manera que así estás perfecto.

Michele se sorbió ruidosamente los mocos con su gran nariz cartilaginosa.

–Pero... pero ¿cuándo volveré a ser niño?

La idea de que Míster Kakaleishon se hubiese olvidado de la fórmula inversa le producía un miedo espantoso.

–¡Calma, paciencia y alegría, muchacho! Cada tiempo a su cosa. Por ahora, enséñame qué tal te las arreglas para volar.

Michele obedeció. Ni siquiera cuando había estado gordísimo se había causado tanto asco. Agitó las alas membranosas y revoloteó sobre la mesa.

Después de virar un par de veces a distintas alturas, aterrizó con precisión en el centro de la mesa.

–Tal como queríamos demostrar: ¡perfecto! –exclamó Míster Kakaleishon, y metiendo la mano en el bolsillo de la túnica, sacó una hoja de papel.

–Pasemos a las instrucciones. Hum... veamos, para confirmar mis confirmadas sospechas, deberás emprender el vuelo esta misma noche y volar en línea recta hasta la ciudad. Una vez allí, pasarás tres días, volando de noche y durmiendo de día, y en el momento exacto en que concluya el plazo, volverás aquí con toda la información necesaria para poner en marcha nuestro gran plan.

Dicho lo cual, Míster Kakaleishon levantó con delicadeza a Michele y se acercó a la puerta del laboratorio.

Michele, que no había entendido nada, quería pedir más explicaciones, pero no tuvo ocasión porque, una vez hubo abierto la puerta de par en par, Míster Kakaleishon lo lanzó al aire como se hace con las palomas en las bodas.

Cuando hubo cobrado cierta altura le gritó:

–¡Vete! Y no te olvides de comer mosquitos, muchacho.

–¡Y *cachimoscas*! –añadió el Hurón.

Después, cerraron la puerta, y de pronto, Michele se encontró solo en plena noche.

Se pasó un rato revoloteando confundido por la playa; después, al tomar más altura, muy, pero muy lejos vio una débil luz.

«Debe de ser la ciudad», pensó, y con un decidido golpe de alas fue en aquella dirección.

5

Requeterradísimo error

Ser murciélago no era muy agradable, pero volar, pensó Michele pasando sobre las primeras casas de los suburbios, era bastante divertido. En primer lugar, ya no se notaba la barriga. Ni la barriga, ni los muslos gordos. Bastaba con que moviese un poco un brazo y, de inmediato, como si fuera papel de seda, iba a la derecha o a la izquierda, podía subir y bajar a su antojo. Las casas, los ríos, los árboles, las calles con los coches y las vías con los trenes eran iguales, idénticos a las de los juegos para montar.

Cuando llevaba un rato volando allá arriba, a Michele le pareció imposible que hubiera vivido allá abajo como niño. Intentó pensar cuánto tiempo había transcurrido desde la última vez que había visto a sus padres postizos. Una semana, quizá, o más de un mes, o quizá un año entero. Desde que se había escapado de la Clínica del doctor Fideus había dejado de contar los días.

De repente, pensando en su familia, Michele notó un pinchazo debajo de la espesa pelambre. Era el corazón.

«Siento nostalgia», pensó Michele, y como estaba cansado y no tenía ni idea de cuáles eran exactamente sus deberes, decidió visitar su casa.

No le costó mucho encontrarla. Desde aquella altura se veía a la perfección el gran centro comercial donde siempre iba a hacer la compra con su mamá. Un poco más allá, estaba la escuela y, a partir de allí, siguiendo derecho, al final de una avenida bordeada de plátanos, se encontraba la casita con jardín donde se había criado.

Michele se acercó revoloteando en silencio. En el jardín encontró la hierba crecida y su bicicleta herrumbrada apoyada contra la pared. Todos los postigos de las ventanas estaban abiertos. Gracias a la luz de la luna le resultó fácil ver el interior. Michele se posó en un alféizar y aplastó el hocico contra el cristal: era la ventana de la sala, y lo primero que notó fue un gran desorden y muchas cajas de chocolatinas vacías desperdigadas por todas partes.

«A lo mejor mi mamá postiza ya no vive aquí», pensó y, para asegurarse, voló hasta la ventana del dormitorio.

Y en seguida la vio. Como hacía calor, dormía encima de las mantas; allí también reinaba un

gran desorden, por todas partes había cajas abiertas de dulces. Tenía una cara muy triste.

«Debe de haber engordado un poco», pensó Michele, y en ese mismo instante, se dio cuenta de una cosa increíble. Sobre la cabeza de su mamá había una nubecilla cuadrada con un monitor y, al igual que un monitor que no logra captar el programa, la nubecilla transmitía rayas en blanco y negro.

«¿Qué podrá ser?», se preguntó Michele, y se quedó quieto mirándola.

Al cabo de un rato, en el cielo aparecieron los primeros rayos de sol y la nubecilla se disolvió como por arte de magia. Michele se tapó el hocico con un ala, la luz le molestaba mucho.

«Tengo que esconderme», pensó, y se alejó del alféizar volando a toda prisa.

Michele no estaba muy informado sobre la vida de los murciélagos; además de saber que daban asco, en algún programa de televisión había aprendido que, por lo general, duermen cabeza abajo, colgados de los techos de las cuevas. El barrio donde estaba su casa era un barrio moderno, donde no había ni rastro de cuevas.

«El único lugar oscuro y apartado –pensó Michele– es la campana de la chimenea.» Y sin perder más tiempo, voló hasta el tejado y se metió por la chimenea.

Aquello estaba negro como la pez y las paredes estrechas se habían vuelto resbaladizas por el hollín. Michele bajó con mucha cautela, ladrillo a ladrillo, hasta que encontró un saliente donde se agarró con las largas uñas de los pies y se dejó caer, cabeza abajo, como una camisa tendida en un tendedero.

Un poco por la posición tan rara y un poco por todas las cosas extraordinarias que habían ocurrido en las últimas horas, no logró dormirse en seguida.

No paraba de pensar en la nubecilla que había visto encima de la cabeza de su madre. No lograba entender qué era. Después, el cansancio lo venció y se durmió. Y mientras dormía, soñó y soñando entendió lo que no había entendido cuando estaba despierto: la nubecilla no era otra cosa que el espacio reservado para los sueños. Su mamá soñaba rayas en blanco y negro, o sea que no soñaba nada.

«¿Cómo puede ser?», se preguntó Michele, y en ese mismo momento, los timbrazos del teléfono le hicieron abrir los ojos.

El aparato estaba cerca de la chimenea, así que Michele lo escuchaba todo a la perfección: sonó cuatro o cinco veces antes de que alguien contestara. Después, su mamá postiza dijo: «¿Sí?» con una voz muy cansada.

«Debe de llamarla mi papá postizo», pensó Michele.

–¿Alguna novedad? –preguntó su mamá postiza–. ¿La policía tampoco? ¿Y los bomberos? ¿Y los hombres rana? ¿Los paracaidistas tampoco?

Hubo una pausa.

Michele oyó que su mamá suspiraba:

–Ay, Arturo, ya no aguanto más... –aspiró ruidosamente por la nariz como nunca jamás la había oído–. ¿Tú crees que volverá? Sí, sí, querido, he llenado la nevera hasta los topes. Y la despensa también. Galletas, flanes, cruasanes, latas de atún, mayonesa, piruletas... Ay, Arturo, ¿dónde se habrá metido? Cada vez que por la calle me cruzo con un niño gordo me... me...

Su mamá se echó a llorar sin ningún tipo de reservas.

«Hablan de mí», pensó Michele, y en seguida notó un extraño escozor que le subía por la nariz y se le instalaba en los ojos. Intentó contenerse. Todo fue inútil. Menos de un segundo después, un potente estornudo cortó el aire; fue tal el impulso que las patas soltaron su asidero y Michele cayó como una piedra sobre las cenizas del hogar.

–Arturo –dijo su mamá, que seguía al teléfono–, hay algo ra... ¡Aaaahhhaaaahhhh!

El famoso alarido de su madre golpeó los oídos de Michele en cuanto empezó a revolotear por la habitación.

–Pero, mami, soy yo –gritó él aún más fuerte, y voló hacia ella.

Su mamá soltó de golpe el teléfono y agarró una escoba que tenía a mano.

–Maldito bicho asqueroso. Te voy a... matar... te voy a... destrozar –gritó, y empezó a perseguirlo.

Su madre blandía la escoba como si fuera un bate de béisbol. A Michele le costaba cada vez más esquivarla. Le faltaba la respiración y no paraba de chocar contra todo, aunque no dejaba de gritar:

–Mami, soy yo, Michele, tu elefantito.

Todo fue inútil. Su mamá no lograba oírlo.

Extenuado, con las pocas fuerzas que le quedaban, Michele llegó hasta una ventana abierta, salió y se posó en la primera rama que encontró. Unos pajaritos que había por allí huyeron aterrorizados en cuanto lo vieron. Michele apoyó el peludo lomo contra el tronco; el corazón le latía a toda velocidad y las lágrimas, como un torrente de montaña, le bajaban por el hocico y le caían directamente sobre la barriga.

–¡Míster Kakaleishon! –gritó entre sollozos–. ¡Míster Kakaleishon! ¡Neve! ¡Ayudadme! ¡Quiero volver a ser un niño!

Nadie le contestó.

Anochecía. En las casas de alrededor empezaron a encenderse las luces, en el aire flotaba el rico aroma de las cocinas.

Michele pensó que, en el fondo, él tenía la culpa de todo aquel lío. Si no hubiera dejado que Neve le otorgara el título de caballero y si no se hubiese escapado de la Clínica del doctor Fideus, no le habría ocurrido nada de nada. Lanzó un suspiro. Le quedaba una sola alternativa: cumplir con su deber de murciélago.

Se soltó de la rama y, en vuelo ligero, se alejó del jardín con rumbo al centro de la ciudad. Quería comprobar qué soñaba la gente. Lo primero que hizo fue dirigirse al edificio donde vivía su maestra. La encontró durmiendo en una silla, con la cabeza apoyada sobre una pila de deberes. Encima de su cabeza había una nubecilla igualita a la que le había visto a su mamá postiza, o sea que no soñaba nada.

«Será una coincidencia», se dijo Michele, y salió volando para comprobar los sueños del lechero. Dormía con su mujer en una gran cama bien ordenada. Los dos tenían una expresión muy triste y sus nubecillas estaban vacías como un acuario cuando se mueren los peces.

Se fue a visitar entonces al de la gasolinera, al guardia urbano que dirigía el tránsito delante del colegio; fue a ver también a la chica que vendía helados: ninguno de ellos soñaba.

«Será una coincidencia», volvió a pensar, y entonces decidió ir a ver a su padre postizo.

«Por lo menos él –pensó Michele– soñará con coches de carreras nuevos y relucientes.»

Su papá roncaba ruidosamente y dormía encogido como un insecto, pero no soñaba nada.

Presa de sospechas atroces, Michele se asomó a todas las ventanas que encontraba. Vio a montones de personas dormidas con unas nubecillas vacías suspendidas encima de sus cabezas.

Con las primeras luces del alba se refugió en el campanario de la iglesia y allí, colgado por encima de las campanas, descansó.

A la noche siguiente, hizo el mismo recorrido que la noche anterior y comprobó exactamente lo mismo: en el mundo no había un solo sueño.

«¡Qué cosa más rara!», pensó Michele y, como ya había terminado el tercer día del plazo, revoloteando en el aire abandonó la ciudad para regresar al laboratorio de Míster Kakaleishon.

El Hurón fue el primero que lo vio. Se estaba limpiando la pelambre en la puerta del laboratorio cuando Michele, volando pesadamente, viró sobre la playa.

–¡Míster Kakaleishon! –gritó poniéndose en pie–. ¡Ha vuelto el *cachimurciélago*!

Míster Kakaleishon salió justo a tiempo para presenciar el torpe aterrizaje de Michele. Fue a su encuentro y lo levantó del suelo.

–¿Cómo te ha ido, muchacho?

Michele no podía ni respirar; se quedó un rato sobre la palma de la mano y no atinaba a pronunciar palabra. Después se puso en pie y dijo:

–¡Estoy vivo de milagro, Míster Kakaleishon!

Y le contó la increíble aventura que había vivido en su casa.

Míster Kakaleishon no parecía muy interesado en su historia. Con la mano libre se mesaba nerviosamente la barba y repetía: «Hum, huummm».

–En una palabra –comentó cuando hubo acabado–, unas cosas requetebanales para un murciélago –y sin añadir nada más, con Michele posado en su mano, volvió a entrar en el laboratorio.

–Antes de que me cuentes lo demás, será mejor que repongas energías –dijo una vez dentro y, después de depositar a Michele sobre la mesa, encendió el enorme teclado del ordenador.

–¿Moscas o mosquitos? –preguntó.

Michele tragó saliva.

–La verdad, Míster Kakaleishon, no tengo mucha hambre –mintió–, mientras volaba comí varias veces.

–Mejor –dijo Míster Kakaleishon sentándose delante de Michele–, así ahorramos tiempo.

»Vamos a ver, Mik, con tus superorejas dotadas de radar, ¿has captado quizá algo de lo que pueda deducirse que el plan DEDO tiene sentido? Es decir, que en el equivocado hay algo mundo.

Michele lanzó un suspiro y respondió:

–La verdad, Míster Kakaleishon, es que como ver, vi algo, pero no sé si se trataba de algo que existía de verdad o eran imaginaciones mías.

–¿Qué quieres decir?

–Por pura casualidad, vi a mi mamá postiza que dormía y... y... tenía una nubecilla en forma de televisor suspendida encima de la cabeza.

Míster Kakaleishon sonrió satisfecho y le preguntó:

–¿Y qué más?

–Bueno, todos los que dormían tenían la misma nubecilla y...

–¿Y qué se veía dentro de la nubecilla?

–Ahí está la gracia, Míster Kakaleishon, no se veía nada de nada.

–¡Por todos los ultrasonidos del mundo! ¿Estás requeteseguro?

–Segurísimo. En la nubecilla del hombre de la gasolinera no había nada, tampoco en la del guardia urbano; la de la maestra estaba vacía y también la de la chica que vende helados.

Como impulsado por un resorte, Míster Kakaleishon se puso en pie elevando los brazos al cielo.

–¡*Peureka*! –exclamó–. ¡*Peureka*! ¡Se sospechan todas mis *confirmas*! Quiero decir, las *sospemas* están *confirchadas*, en fin, muchacho, para abreviar, ¡por todos los electrodos! ¡Yo tenía razón!

Michele se miró la barriga peluda y las alas transparentes. Lanzó un suspiro, había logrado cumplir con su misión.

–Míster Kakaleishon –dijo entonces, alzando la voz lo más que podía–, ¿ahora podré volver a ser un niño?

Míster Kakaleishon no lo escuchó. Ya se había puesto a trabajar en el ordenador grande, pulsaba una tecla tras otra, en la pantalla aparecían y desaparecían las imágenes y de vez en cuando gritaba a voz en cuello: «¡LQD! ¡LQD!», es decir, Lo que Queríamos Demostrar.

Michele salió volando y se le posó en el hombro.

–Míster Kakaleishon –le susurró al oído–, quisiera saber cuán...

Míster Kakaleishon pulsó una tecla roja.

–Ten paciencia, Mik –le pidió–, dentro de un segundo te lo explicaré todo.

Michele se echó a temblar. ¿Qué era lo que tenía que explicarle ahora? ¿Acaso la misión no había terminado? ¿No había hecho todo lo que le habían pedido?

Míster Kakaleishon apagó el ordenador y, con Michele posado sobre su hombro como un búho, salió de la casa. Al llegar a la orilla del mar, se puso a hablar gesticulando mucho.

–Hay cosas que no sabes y de las que debes estar enterado. Esta historia viene desde muy adelante, es decir, desde muy atrás, para abreviar, es una historia larguísima. Comienza al comienzo de la historia, o sea que comienza todavía antes, cuando la historia no se había inventado y sólo existía la Tierra. En la Tierra no existía más que un escupitajo, una especie de moco y...

–¿Un moco? –repitió Michele, maravillado.

–Sí, muchacho, un moco, pero no un moco de la nariz o algo por el estilo, sino que era... sí, digamos que era una especie de moco mágico, porque podía convertirse en cualquier cosa. Y así sucedió en realidad. Poco a poco, yendo por aquí, pim, yendo por allá, pam, el moco se convirtió en un alga y después en una seta, un helecho y una palma, después, para abreviar, se convirtió en un ratón, el ratón se enamoró y nacieron otros ratones, de los ratones surgieron los elefantes, de los elefantes, las focas y así, de esta manera, el planeta se llenó de gente.

–¡Pero Míster Kakaleishon, ésa es la historia de la evolución! –gritó Michele–. ¡Yo ya me la sé! ¡La vi por la tele! ¿Qué tiene que ver con el gran plan DEDO?

–Es y no es la historia de la evolución, muchacho... lo cierto es que hay algunas cosas secretísimas que sólo yo sé.

–¿Entonces los científicos no lo saben todo?

–No, Mik. Ignoran un detalle pequeño pero requetefundamental...

En ese preciso momento, desde el mar comenzó a soplar un viento fuerte y repentino. Para que no se lo llevara volando, Michele tuvo que agarrarse con las uñas a la casaca de Míster Kakaleishon.

–¿Cuál es ese detalle? –preguntó Michele, envolviéndose en las alas.

–¿Alguna vez has oído hablar de los monstruos de los abismos, Mik?

–Claro que sí, vi una película sobre el monstruo del lago Ness y un dibujo animado sobre el pulpo gigante que todo lo devora. Pero no son reales, todo el mundo dice que no existen.

–¡Requeterradísimo error! Todavía existe uno y...

Un estruendoso trueno surcó el aire, unas olas enormes y muy violentas comenzaron a abatirse sobre la playa.

–¡Lo que Queríamos Demostrar! –aulló Míster

Kakaleishon, doblado en dos por el viento–. Será mejor que volvamos al laboratorio.

Desde que Michele vivía en aquel lugar, era la primera vez que llovía. Nunca había visto que un temporal se abatiera de aquella manera tan imprevista e imponente. Además, aquel viento era rarísimo.

«Es un *cachiviento* como cualquier otro», le había dicho una vez el Hurón. Sin embargo, estaba casi seguro de que mezclados con el silbido se oían unos rugidos.

–¿A qué llegada habíamos apuntado? –le preguntó Míster Kakaleishon en cuanto se encontraron bajo techo.

–Al requeterradísimo error, o sea, a que todavía existe un monstruo de los abismos.

–Ah, sí, escúchame bien, muchacho, porque esto te concierne muy especialmente. ¿Sabes lo que es el amor?

–¿El amor? Bueno, más o menos sí que lo sé, es... es cuando dos personas se quieren.

–¡Vaya respuesta más elemental, Mik! Piensa en algo más suculento.

Michele tenía la impresión de estar en el colegio. Empezó a sudar debajo de la pelambre.

–Bueno... la abuela dice que... pues que... que hace crecer las plantitas del huerto y que...

–*Cachifueguín cachifueguito* –dijo Hur Hur, que acababa de despertarse debajo de la mesa.

–Eso mismo, muchacho, así es. Tu abuela cultiva las plantitas del huerto, de lo que se deduce que las plantitas no pueden crecer sin los cuidados de tu abuela. Si le damos la vuelta al teorema, tu abuela no puede vivir sin sus plantitas. En una palabra...

–¿Nadie puede vivir sin amor?

–Así es, muchacho. Amar quiere decir preocuparse por algo. Sé por experiencia que hasta una tostadora de pan utilizada sin amor se muere en pocas horas.

Michele se puso a pensar. Se acordó de una tostadora que el año anterior su mamá había ganado en un sorteo. Como era de color amarillo, y ella no soportaba el amarillo, la puso en un rincón y no volvió a fijarse en ella. Unos días más tarde, él la enchufó para hacerse unas tostadas y el aparato, después de hacer «bzzz bzzz», estalló.

–¡Es verdad, Míster Kakaleishon! –exclamó–. Las tostadoras a las que no se quiere mueren en seguida. Pero... pero y si... y si no te quiere nadie, pero tampoco tienes ganas de morirte, ¿qué pasa?

–Pasa lo que le pasó al Orconte.

En cuanto hubo pronunciado aquel nombre, la casa comenzó a temblar como si hubiera un terremoto. Los pocos platos y vasos que había en los estantes cayeron y se rompieron en mil pedazos.

–El Or... –trató de repetir Michele, pero Míster Kakaleishon le tapó la boca con el índice.

–¡Chitón! No repitas su nombre, me parece que nos está escuchando.

–Será mejor que lo llamemos con un *cachinombre* supuesto –sugirió el Hurón.

–¡Buena idea, Hur Hur! –exclamó Míster Kakaleishon–. Llamémoslo...

–¿Gusano tostado?

–¿Bollito? ¿Qué tal... qué tal Sambayón? –propuso Michele.

–No, no –dijo Míster Kakaleishon–. Necesitamos un nombre que no levante sospechas... un nombre más serio... hum, hummm, vamos a ver... Voltaje... Resistencia... Acelerador...

–¿Mayonesa? ¿Patatas fritas? ¿Salchicha?

–Salchicha... Salchicha... hummm. Sí, *Salchicha* es perfecto, Mik, *¡Salchicha!* Así se creerá que estamos hablando del almuerzo.

–Vamos a ver, ¿y quién es la Salchicha?

–La Salchicha, Mik, es el monstruo más requetespantoso de los abismos. Vive en un agujero muy, pero muy hondo, bastante cerca de esta playa.

–Pero Míster Kakaleishon, ¿cómo está usted tan seguro de que existe de verdad? –le preguntó Michele, que ya no estaba tan convencido de todo aquello.

–¿Soy o no soy el interlocutor preferido de cuantos *domestieléctricos*, motores, piezas computadorizadas, cables sueltos y electrodos dan vueltas por el mundo?

Michele se acordó de su conversación con Neve y contestó:

–Por supuesto que sí, Míster Kakaleishon.

–¡Entonces, está claro como un ventilador! Me lo dijo el radar de un submarino que está fondeado por aquí cerca. Además, durante todos estos años que me he dedicado a escuchar, grabar y analizar me he enterado de su historia.

–Una *cachihistoria* tristísima –comentó Hur Hur desde debajo de la mesa.

–Para abreviar, nunca nadie, pero nadie ha amado a la Salchicha.

–¿Y por qué? ¿Es una Salchicha gorda? –preguntó Michele.

–Algo peor, mucho peor, muchacho, la Salchicha es fruto de un error del *moco*, es decir, es hija de una Orca y de un Rinoceronte.

–¡Aaah! –exclamó Michele, que no lograba imaginarse a una criatura tan monstruosa.

–En el mundo no existe ningún animal parecido, razón por la cual no puede enamorarse de nadie, y como es tan, pero tan fea, desde el principio de los tiempos vive oculta en el fondo del abismo.

–Allá abajo se *cachiaburre* –dijo el Hurón.

–Pues sí, se aburre a más no poder, y como no se puede morir, se ha vuelto ferocísima y requetemalvada.

–Se ha comido a todos los *cachibañistas* de la playa, las *cachibarcas* de vela y los patines, se ha zampado el carrito de los helados y el quiosco de los refrescos y también dos o tres helicópteros que habían ido a buscar a las *cachipersonas* desaparecidas.

–¡Qué horrible! –exclamó Michele.

Después se quedó callado y, en el silencio, notó que su corazón latía a mil por hora. Poco a poco, le había entrado una terrible sospecha. ¿Qué tenía él que ver con toda esa historia de la Salchicha? ¿Por qué Míster Kalkaleishon se la contaba con tanto lujo de detalles?

Fue Míster Kakaleishon quien rompió el silencio.

–Bien, pasemos ahora al estudio del plan.

De pronto, Michele notó que las alas se le arrugaban.

–¿Qué... qué pla... plan, Mi... Míster Kakaleishon?

–La última parte del DEDO. Mik: cómo eliminar para siempre a la Salchicha.

–Pe... pero Mi... Míster Kakaleishon –balbuceó Michele–, Si no... no nos mo... molesta.

Míster Kakaleishon lo miró con el ceño fruncido.

–Muchacho, deduzco que se te escapa por completo el quid...

Hur Hur saltó sobre la mesa y se colocó delante de Michele.

–¿No lo entiendes, Mik? Es ella la que *cachirroba* los sueños.

–¿Ella? –repitió Michele.

–Sí, ella –confirmó Míster Kakaleishon, muy serio–. Al principio sólo tenía ciertas sospechas. Ya sabes tú que el que no sueña se pone nervioso. En una palabra, que hay demasiada gente nerviosa en este mundo, así que comprendí que algo no funcionaba. Tu regreso de la misión me ha permitido resolver este asunto tan alambicado. Para abreviar todavía más: la Salchicha es la ladrona.

–¿Y para qué roba los sueños?

–Porque *cachipadece* de insomnio.

–O sea, que roba los sueños y en lugar de que los sueñe la gente, los sueña ella con los ojos abiertos.

–¿Como un televisor siempre encendido?

–Exactamente, muchacho.

Michele se rascó la cabeza con una de sus enormes uñas.

–¿Pero y yo qué...?

–Tú, Mik, es decir, caballero Corazón de Melón, has venido hasta aquí para eliminar a la Salchicha de la faz de la Tierra.

Michele sintió que el corazón se le rompía en el pecho, como un dique bajo la presión del agua. ¡Aquello era imposible!

–Pero yo –dijo con la voz quebrada– soy un niño.

–Erradísimo error: eras un niño, ahora eres el caballero Corazón de Melón.

–Pero yo no sé luchar –protestó Michele–, ¡si ni siquiera he jugado nunca a los soldaditos!

–¡Herrar o quitar el banco! Esto es como las dejas, o las comes o las lentejas. Lo que no se sabe, se aprende, muchacho.

Después, Míster Kakaleishon se acercó a Michele y le dijo al oído:

–Y ahora, presta atención.

6

¡Flis, flas, flis, flas!, ¡quien nos conoce no vuelve a soñar!

El Orconte vivía en el sitio más profundo del abismo, tumbado en un sofá de mullidas anémonas. Tan abajo estaba que no había luz, de modo que se rodeaba de decenas y decenas de peces eléctricos. Su aspecto era verdaderamente monstruoso. Tenía cabeza de rinoceronte, con un cuerno enorme y puntiagudo en lo alto de la nariz, cuerpo y aletas de orca, pero en lugar de las aletas laterales, tenía cuatro patitas de paquidermo. En el lomo le crecía una rala pelambre y en los ojos lucía unos círculos concéntricos amarillos y rojos. Cuando se enfurecía, sus pupilas despedían lenguas de fuego. Pero cuando se reía, en la superficie del mar se producían huracanes.

Tenía a su servicio unos dos millones de sardinas y un cuerpo selecto de pulpos gigantescos. Las sardinas le limpiaban la pelambre, le cepillaban los dientes, le sonaban la nariz, mantenían ordenados los sueños en un gigantesco archivo de conchas y, cuando les hacía una señal con la cola, los proyectaban en una pantalla inmensa. Los pulpos eran sus Leales Guardias: con sus largos tentáculos se encargaban de atrapar a los desventurados y de llevarlos en presencia del Orconte.

Un marinero, que de puro milagro se había salvado de sus fauces, refirió que antes de matar a sus prisioneros, les pedía que le contaran un cuento. Si el cuento lo hacía reír, en lugar de triturarlos entre los dientes, los encerraba en una gruta submarina, donde dejaba que se pudrieran hasta el final de sus días. Tenía la piel tan dura, que un cañón no habría podido rasguñarla siquiera. Para vencerlo había que actuar con astucia.

Michele escuchó con mucha atención tratando de memorizar cada detalle.

«En el fondo –repetía para sus adentros, a manera de consuelo–, cuando era un niño gordo siempre soñaba con derrotar dragones. Ahora se me presenta la ocasión de convertirme en un héroe mundial. Si me convierto en héroe, todos me apreciarán, mi mamá me querrá aunque esté ancho y gordo como un elefante.»

Esto se decía para sus adentros, pero no estaba en absoluto convencido. Suspiró. «En el peor de los casos –concluyó–, acabaré como

acaban los bocadillos.» Sólo de pensar en los dientes del Orconte triturándole la espalda y haciendo tanto ruido como cuando comes un caramelo de menta, se echó a temblar desde la punta de las orejas hasta la punta de las alas.

–Eso es todo –dijo Míster Kakaleishon al llegar al final de su explicación–. ¿Quieres hacer alguna otra pregunta?

–Sí.

–¿Cuál?

–Míster Kakaleishon, ¿no le parece que sería mejor que antes volviera a convertirme en niño? Sería más grande y...

–Y más *cachibocadito* apetecible –acotó el Hurón.

–Es verdad, Mik, a la Salchicha le encantan los niños, los ensarta con el cuerno y se los lleva a la boca, se pasa horas y horas triturándolos y mascándolos mientras ve las proyecciones.

Michele tragó ruidosamente.

–Entonces...

–Entonces, muchacho, será mejor que sigas siendo un murciélago.

–¡Un *cachiasqueroso*! –precisó el Hurón.

Míster Kakaleishon se levantó de la silla y se desperezó.

–Vamos a la cama –dijo–. Mañana tenemos que levantarnos al amanecer para cumplir con el último plan de la parte.

Está de más decir que aquella noche Michele no pegó ojo; por un lado, no durmió porque era un murciélago y por otro, porque tenía demasiadas preocupaciones rondándole por la cabeza.

Colgado de la jamba de la puerta, vio pasar ante sus ojos muchas escenas de su vida de niño. Por un momento le entró nostalgia. Quería volver a ser el niño de siempre, quería comer en exceso y que su mamá le chillara, quería aburrirse delante del ordenador y pasarse toda la noche charlando de todo un poco con Neve.

Entre pensamiento y pensamiento llegó el amanecer.

Al final, Míster Kakaleishon y Hur Hur se despertaron con aspecto fresco y descansado.

–Vamos –ordenó Míster Kakaleishon con tono alegre y, cuando tuvo a Michele en la mano, salió del laboratorio. El Hurón los siguió dando saltos.

Anduvieron un buen trecho por la playa, cerca del agua. Míster Kakaleishon se puso a olisquear ruidosamente el aire y, después de dar unos cuantos pasos más, se detuvo.

–Me parece que éste es el mejor lugar. ¿Tú qué opinas, Hur Hur?

El Hurón olisqueó también el aire.

–Sí, yo también lo *cachicreo* así.

–Bien, Mik, aguza bien el oído. Voy a lanzarte al aire y tendrás que volar en línea recta ciento doce metros. Justo en el centésimo duodécimo metro gritarás bien fuerte: «¡Paraplú!». Si todo funciona, te hundirás ahí mismo y no pararás hasta llegar al reino de la Salchicha.

–Míster... –dijo Michele con un hilo de voz.

–¿Sí?

–Pero sin aletas no sé nadar.

–No me *tontas* con *venguerías*, Mik, ya me he ocupado de todos estos detalles. Tú sólo piensa en la Salchicha y nada más.

–*¡Cachiconcéntrate!* –añadió Hur Hur.

–Y ahora, muchacho... –Míster Kakaleishon lo levantó bien alto y gritó–: ¡A volaaar!

De pronto, Michele se encontró suspendido en el aire y entonces se puso a batir las alas sin orden ni concierto; cuando logró dominar el vuelo, se dirigió hacia el horizonte.

Había recorrido unos veinte metros cuando Míster Kakaleishon volvió a llamarlo.

–¡Mik! –le gritó–. ¡Escúchame, Mik, se me olvidó decirte lo más desbordante de todo!

Michele aminoró el vuelo y miró hacia atrás.

–¡Acuérdate de que para eliminar a la Salchicha tienes que conseguir que se duerma!

–Tienes que conseguir que se duerma como un *cachitronco* –le aclaró el Hurón.

Entonces, agitando el uno la patita y el otro la mano, lo saludaron por segunda vez.

–¡Adiós, Mik!

–¡Adiós, caballero Corazón del *Cachimelón*!

Michele prosiguió su vuelo.

Al llegar al centésimo duodécimo metro gritó bien fuerte «¡Paraplú» y, de inmediato, atraído por una fuerza invisible, se hundió bajo las aguas.

Durante un trecho, mientras se iba hundiendo, vio lo que ya había visto mil veces en el mar cuando se sumergía con gafas. Pececitos pequeños que nadaban en grupo, algún pez un poco más grande, de los que se comen a la parrilla, dos o tres latas de refresco, un par de sepias y un par de bolsitas de supermercado. Poco a poco, a medida que aumentaba la profundidad, la luz empezó a hacerse más débil, y apenas percibía algunas sombras; después se hundió más y ya no vio nada.

Con los pies, es decir, con las patas, tocó algo blando y baboso.

«Debe de ser el fondo», pensó Michele, y como aquello estaba completamente oscuro y no tenía instrucciones para ese caso, se envolvió en las alas y así, bien quietecito, se quedó esperando. Aparte de una que otra alga larga y resbaladiza que de vez en cuando le hacía cosquillas en la barriga, por ahí no parecía que hubiera nadie más.

«A lo mejor –pensó Michele–, el Orconte se ha ido de vacaciones. Ahora estará en remojo en algún abismo de los trópicos y yo, a salvo.»

No había terminado de formular este pensamiento cuando en la oscuridad aparecieron unas lucecitas. Michele notó que en lugar de estarse quietas, oscilaban como si fueran las luces de una procesión. Le pareció que avanzaban hacia él.

«Es imposible que me hayan visto», pensó Michele, aunque por pura precaución, retrocedió un poco hacia lo más oscuro. Desde allí siguió mirando. Era verdad, iban hacia donde él se encontraba. Alcanzó a oír también unos ruidos: chapoteos y extrañas voces que parecían entonar una especie de canción.

Ahí estaban, ya empezaba a verlas. Eran decenas y decenas de sardinas. Rodeadas de peces eléctricos, nadaban ordenadamente en parejas y sostenían con sus aletas unas enormes conchas.

«Tienen que ser ellas –pensó–, las fieles siervas del Orconte. Con toda seguridad, están transportando los sueños que robaron anoche.»

Ya se encontraban muy cerca. Michele comprendió que para llegar al palacio real del Orconte no le quedaba más remedio que seguir al cortejo.

Inmóvil en las sombras, esperó a que todas

las sardinas desfilaran delante de él. En cuanto hubo pasado la última, contó hasta veinte, salió sigilosamente de la oscuridad y siguió la estela luminosa.

Nadaron un buen trecho; Michele ponía mucha atención para no gritar cuando las algas gelatinosas del fondo le rozaban el cuerpo, y procuraba no hacer movimientos bruscos que delataran su presencia. Cada tres golpes de alas, miraba atrás para comprobar si, por casualidad, lo seguía algún pulpo.

Las sardinas cantaban:

> ¡Flis, flas, flis, flas!,
> somos las sardinas de este mar profundo.
> ¡Flis, flas, flis, flas!,
> ¡quien nos conoce no vuelve a soñar!

De repente, giraron todas a la derecha, después a la izquierda y otra vez a la derecha.

«Debemos de estar cerca», pensó Michele, y así fue, porque un segundo más tarde, el cortejo disminuyó la marcha y al cabo de otro segundo más, se detuvo.

La Sardina Jefa, precedida de un pez eléctrico, se alejó a tres aletas del grupo, se puso en posición de firmes, carraspeó y dijo:

–¡*Abracadabrajo*, ábrete para abajo!

Debajo de su cola apareció de inmediato una inmensa persiana de nácar que empezó a abrirse soltando un montón de burbujas. En cuanto se hubo enrollado toda, las sardinas, siguiendo un orden bien ordenado y sin dejar de cantar, entraron de dos en dos.

Cuando hubo desaparecido la última, la persiana quedó abierta.

«Tal vez sea una trampa», pensó Michele. Esperó un momento y después, al ver que no ocurría nada, decidió acercarse poquito a poco.

Además de una leve luminiscencia multicolor, parecida a la que hacen los proyectores de cine, no se veía nada.

¿Cómo era posible que en el lugar más profundo del abismo se abriese otro abismo? ¿Dónde iría a parar? ¿Al otro lado del mundo? ¿Y si, una vez abajo, al cabo de unas cuantas galerías, se abría una gruta descomunal? ¿Sería allí donde vivía el Orconte desde tiempos inmemoriales?

Mientras pensaba todo esto, del agujero salió de pronto un haz luminoso más fuerte, parecía un faro o algo por el estilo, y en el silencio reinante, se oyó un grito horrendo:

–Aaayyyaaayyyhaaañaaacñaaacaaayaaamplas.

Fue tal el asombro que aquel aullido le causó a Michele, que no advirtió que a sus espaldas se acercaba un grupo de atunes que iban de excursión turística. Eran más de veinte, iban equipados con mochilas y cámaras fotográficas y nadaban a toda velocidad. Al pasar por su lado, provocaron una gran ola. Michele notó que algo fuerte lo empujaba hacia dentro y, de repente, le faltó el suelo debajo de las patas; intentó mantener el equilibrio desplegando las alas, las agitó a diestro y siniestro, trató de agarrarse a un alga con los dientes...

Todo fue inútil.

Debajo de él se había abierto una vorágine que hizo que se precipitara hacia el fondo como una piedra.

Cayó y cayó y siguió cayendo. Cuando ya estaba convencido de haber recorrido la Tierra de lado a lado y que no le faltaba mucho para aparecer en alguna tubería de Nueva Zelanda, chocó de repente contra algo elástico.

Rebotó dos o tres veces. A la cuarta, un tentáculo se le enroscó al cuello y Michele comprendió lo que había ocurrido: había chocado contra un pulpo, uno de los Leales Guardias del Orconte. Entonces gritó de inmediato: «Soy amigo», pero en lugar de contestarle, el pulpo se puso en marcha y saltando sobre las largas patas, se dirigió hacia la luz que había al final de la galería.

Tal como Michele había sospechado, al final del túnel había una amplia sala. Estaba iluminada por unos cincuenta peces-antorcha; cerca de una pared había cinco o seis cangrejos vestidos de camareros. Cada uno de ellos llevaba una bandeja de plata; el pulpo depositó a Michele sobre una de las bandejas y se marchó.

Con la pinza que tenía libre, el Cangrejo Camarero dispuso a Michele como si fuera un pollo asado; después, con paso lento y solemne, se dirigió hacia un gran portal de nácar.

–Estoy frito –murmuró entonces Michele, que no veía cómo salir de aquel atolladero.

–*Flito*, no, *cludo* –le contestó el Cangrejo, que hablaba como un chino–. Su Majestad sólo *devola* cosas *cludas*.

–Estoy crudo –murmuró Michele y, en ese momento, sin que nadie la tocara, la inmensa puerta de nácar empezó a abrirse.

Al entrar, los recibió un coro de sardinas.

–¡Parapapí! –cantaron los peces–. ¡Parapapí! Su Majestad, el nuevo manjar ya está aquí.

«¿Manjar?» Michele se estremeció, no estaba

acostumbrado a que lo llamasen de aquella manera. Se armó de valor y levantó la vista. Ante él sólo se veía una enorme pared surcada de rayas blancas y negras y... no... ¡No! ¿Acaso sería...? Michele miró con más atención.

¡Requetespantoso horror!

¡No era una pared, sino la barriga del Orconte! ¡Ay, ni en sus peores fantasías hubiera podido imaginar algo parecido!

Era tan inmenso como una pirámide egipcia, y viscoso como la gelatina de frambuesa cuando sale mal. En la cima de aquel cuerpo gigantesco y blando oscilaba una cabecita con un cuerno enorme, orejas de burro y ojos de cerdo inyectados de sangre.

La lengua, roja como el fuego, le colgaba siempre de la comisura y, desde allá arriba, una pequeña cascada de baba le caía gorgoteando hasta la barriga. De los costados del vientre, en lugar de aletas, le colgaban cuatro pequeños gusanos agitados, que parecían patas, y aquí y allá, por todo el cuerpo tenía manchas de pelambre desordenada, hirsuta y ensortijada de mocos.

El Orconte no se percató en seguida de la presencia de Michele y el Cangrejo porque estaba absorto en una proyección de sueños. Por la expresión de su cara parecía más bien divertido: Michele se volvió hacia la pantalla.

Se veía a un señor distinguido, con traje y corbata, que huía por las escaleras de un rascacielos. Lo seguía de cerca un pulpo gigantesco con tres cabezas color verde guisante, vestido con un mandil, e intentaba agarrarlo con los tentáculos. Cuando el hombre, para tratar de huir, se lanzó al vacío con un grito terrible, el Orconte estalló en carcajadas sacudiendo las patitas en el aire:

–¡Jaajaajoojoojuajuajua!

Sin interrupción alguna, siguió otro sueño. En la pantalla apareció una sala; en cuanto la vio, a Michele le dio un vuelco el corazón. ¿Sería posible? Parecía la sala de su casa y...

Pues sí, un segundo después apareció su mamá. Estaba más gorda que en la realidad, tenía las manos sucias de harina y cuando caminaba, las caderas le bailaban como a Mamá Oca. Alguien había llamado a la puerta y ella iba a abrir.

«¿Quién podrá ser?», se preguntó Michele.

En cuanto se abrió la puerta, dio un brinco en la bandeja. ¡Era él mismo, él en persona, Michele! Aquello le parecía increíble, pero lo que ocurrió después le resultó más increíble todavía. Su mamá se abalanzaba sobre él y lo besaba y lo abrazaba como no lo había hecho nunca. Después, sin decir palabra, con una sonrisa en los labios, lo conducía a la cocina y, una vez allí, los dos juntos se comían una tarta recién hecha.

Michele notó que de la emoción se le hacía un nudo en la garganta: o sea que aquellos eran los verdaderos sueños de su mamá. ¡Los que el Orconte le había robado! ¡No eran los regímenes ni el ejercicio! ¡Pobre mamá! ¡Por eso estaba siempre tan nerviosa!

Mientras Michele estaba absorto en estas reflexiones, el Orconte bostezó con fuerza y exclamó:

–¡Uuuaaahhh... qué aburrimiento! Un sueño edificante en el que no ocurre nada.

Acto seguido, con un ademán de su minúscula patita, ordenó que interrumpiesen la proyección.

–Las historias edificantes me dan un hambre increíble –comentó, y comprobó lo que el Cangrejo Camarero le llevaba en la bandeja.

En ese momento, Michele se puso en pie.

Tendió las alas y con toda la fuerza de su voz, declamó:

–¡Buenos días, Su Grandísima Majestad!

El Orconte estalló en carcajadas.

–¡Joojoojaajaajuajua!

Las paredes de la sala temblaron como si hubiera un terremoto.

–*Chef* –ululó, socarrón–, ¿desde cuándo los manjares hablan?

El Cangrejo se sentía muy incómodo, inclinó hacia delante dos pinzas e hizo una humilde reverencia.

–¡Su Majestad Desveladísima! –declamó–. ¡Se *tlata* de un *manjal lalísimo* y exquisititísimo!

Con una de sus pinzas, levantó con delicadeza a Michele por una de sus alas.

–*Obselvad, Vuestlo Glandioso* Desvelo, *cobeltula* de *clocante hojalde* en *folma* de caña, *lelleno* de *tielna* piel y *víscelas calnosas* y *pala telminal... voilà!* –rozó las patas y el hocico de Michele–. En los *extlemos gualniciones* del más fino mazapán.

El Orconte adelantó y agitó las patitas vermiformes.

–Ñam –dijo–, ñam, de sólo oír la descripción, se me hace la boca agua.

El Cangrejo hizo una segunda reverencia.

–¡Majestad, no tenéis más que *plobala*! Os *asegulo* que *selá* una *glatísima solplesa*.

–¡Venga, pues! –atronó el Orconte–. Subídmela hasta aquí.

Al recibir aquella orden, dos pulpos se abalanzaron raudos sobre la bandeja y sosteniéndola con los tentáculos la acercaron a la altura de la boca del monstruo.

–¡Su Desveladísima Grandeza está servida! –recitaron al unísono.

El Orconte acercó la nariz a la bandeja y la olió un par de veces.

–Para ser sincero –rugió–, este olor no es de los mejores.

Michele se armó de todo el coraje que tenía y gritó:

–¡Majestad, es cierto, hace más de tres meses que no me baño!

Los pulpos tuvieron entonces la precaución de alejar la bandeja un par de metros de la nariz de su amo.

–Y no sólo eso –prosiguió Michele–, soy un triturabasuras.

–¿Un trituraqué? –chilló el Orconte.

–Un triturabasuras, Majestad. Devoro cuanto desperdicio se me pone por delante: huesos podridos de pollo, restos de lasaña enmohecida, papel higiénico usado y...

Los pulpos alejaron un poco más la bandeja. El Orconte volvió a soltar una ruidosa carcajada.

–¡Maravilloso! –atronó–. ¡Entonces estás embuchado! ¡Me encantan las cosas rellenas de sorpresas! ¡Crujen bajo los dientes con mil sabores!

Dicho lo cual, con una patita se tapó la nariz y con la otra agarró a Michele por las alas. Michele vio que debajo de él se abría un antro espantoso con dientes enormes y una lengua inmensa y roja como el fuego.

«Es mi fin», pensó, y cerró los ojos.

Un segundo más tarde notó bajo los pies la humedad rugosa de las fauces y en ese mismo momento, de puro milagro, se acordó de las instrucciones de Míster Kakaleishon.

–¡Señor! –gritó a voz en cuello–. ¡Vuestro Serenísimo Desvelo! Antes de comerme, ¿no os gustaría que os contara un cuento?

El Orconte desenrolló la lengua hacia fuera y sobre ella apareció Michele.

–Hummgrr, ¿has dicho un cuento?

–Sí, Majestad, un cuento. Me sé unos cuentos estupendos, cuentos que nadie más sabe.

–Humm. ¿Cuentos edificantes?

–No, Majestad.

–Humm, ¿cuentos sobre personas que se quieren?

–¡Por favor, no! –gritó Michele como si aquello le horrorizara.

–¡Venga, pues! –atronó el Orconte, haciendo temblar la lengua como un trampolín elástico.

Michele fue a caer justo a sus pies.

–¡Venga, pues! –repitió–. Pero te advierto que si es un cuento que ya sé, tu fin será mucho peor que ser comido.

Michele tragó saliva. Notó como una bola de fuego en el estómago. En realidad, él no sabía ningún cuento, ni siquiera era capaz de repetir los chistes que oía en la escuela.

Sus pensamientos corrían veloces. Para salvarse y salvar los sueños del mundo tenía que contar un cuento tan largo y aburrido como para provocar el sueño.

Él, cuando no lograba dormirse, se imaginaba una fábrica de bollitos y contaba todos los bollitos que iban saliendo del horno. Era un método que nunca le había fallado.

«Tengo que contarle un cuento de números», pensó.

–¿Y? ¿Me cuentas o no me cuentas el cuento? –gruñó el Orconte.

Michele se irguió cuan alto era y carraspeó.

–Había una vez un pez rojo –dijo– que vivía en una pecera de cristal. Un día, su amo le cambió el agua y el pez se escurrió por el desagüe del fregadero. Su amo estaba convencido de que se le había resbalado de la mano, pero en realidad, el pez había coleado para lanzarse a propósito por el desagüe, porque estaba harto de tener que vivir en la pecera viéndose el hocico reflejado en el cristal. Tenía ganas de recorrer el mundo. Se precipitó desde una altura de seis pisos y fue a parar a las cloacas que había debajo del edificio. La primera persona que encontró fue una rata.

»–¿Quién eres? –le preguntó–. Nunca había visto un pez vivo que viniera guisado con tomate.

»–Soy un pez rojo –le explicó el pez– y...

–¡Y se lo comió! Ñac ñac –atronó el Orconte, que pensaba que todos los cuentos debían acabar del mismo modo.

Y Michele prosiguió:

–... y quiero recorrer el mundo, para conocer a todos mis hermanos y primos lejanos.

»–Entonces, tienes que ir al mar –le dijo la rata, y después de enseñarle el camino correcto, se alejó agitando la cola.

»El pececito nadó y nadó y nadó hasta llegar al final de la cloaca que desembocaba en el mar. Lo primero que encontró en el mar fue una lata vacía.

»–Estoy buscando a mis parientes –dijo el pez.

»–¿Tienes su dirección? –le preguntó la lata.

»–Creo que viven en el mar –contestó el pez.

»–Pero muchacho –le espetó la lata de naranjada–, en el mar hay novecientos noventa y nueve mil millones de cosas que nadan. Dos mil doscientos dos millones de sardinas plateadas, quinientos ochenta mil millones de sargos, veintitrés mil ochocientos dos millones de galápagos, cuarenta y cinco mil quinientos hipocampos y...

»–Gracias, señor –dijo el pez que ya empezaba a aburrirse, y agitando las aletas a toda velocidad se alejó de la lata. Nadó y nadó y siguió nadando, hasta que al cabo de un par de días se encontró con una bolsita de plástico.

»–Vaya, pero si eres un pececito doméstico –dijo la bolsita, que hasta pocas semanas antes había vivido en una casa.

»–Lo fui –le dijo el pez–, pero ahora estoy de permiso. Quiero comprobar si soy el único pez rojo del mundo...

Mientras Michele iba contando el cuento, seguía bien de cerca cuanto ocurría a su alrededor. Le pareció que los párpados del Orconte habían bajado un poco, y que las patitas de la barriga, en lugar de moverse como antes, estaban quietas. Continuó con redoblado valor.

–El mar es grande –le advirtió la bolsita de plástico, que como había contenido libros, sabía muchas cosas–. Existe una posibilidad entre nueve millones novecientos nueve mil novecientos noventa y nueve billones de que encuentres un pez idéntico a ti. ¡Desde el punto de vista estadístico es absolutamente improbable! –suspiró la bolsita.

En ese momento, en la sala se oyó un chirrido de puerta herrumbrada, eran las mandíbulas del Orconte que se habían abierto en un bostezo.

–Aaahhhuuummm –soltó con voz adormilada–, en este cuento no pasa nada.

–Un momento, Su Majestad –gritó Michele–, que ahora ocurrirá algo tremendo.

–Aaahhhuuummm. ¿Como qué?

–El pececito se encuentra con un monstruo inmenso, espantoso, una ballena.

El Orconte bostezó por tercera vez, se rascó el cuello con una pata.

Y Michele continuó:

–El pececito sigue nadando, nadando, nadando y después de doblar la esquina choca contra una ballena dormida. La ballena abre los ojos, lo ve y le dice:

»–Vaya, un tierno pececito de acuario –y abre la boca para comérselo.

»El pececito se cuela entre las barbas y le llega a la garganta. Cuando se encuentra allí, la ballena grita:

»–¡Un momento –y lo escupe–. Oye, ¿por casualidad te sabes las tablas de multiplicar? –le pregunta.

Michele no había visto en su vida nada más aburrido que las tablas de multiplicar.

–Claro que me las sé –contestó el pez rojo, que había vivido mucho tiempo en el cuarto de un niño.

»–Entonces hazme un favor –le pidió la ballena–. Colócate aquí, detrás de mis barbas y cuenta todos los peces que devoro en un día. Es que –le comentó la ballena, avergonzada– tengo un ligero exceso de peso y como no veo lo que como, no hay manera de ponerme a régimen. Además, si no adelgazo, la próxima temporada no lograré dar un solo salto fuera del agua para asustar a los turistas.

»Obediente, el pececito se apostó dentro de su boca y empezó a contar. Al concluir la jornada, se acercaba a la oreja de la ballena y le decía lo que había comido.

–Aaahhhuuunnn... ¿y cuánto comía? –preguntó el Orconte, que quería saber si había alguien capaz de comer más que él.

Entonces, Michele comenzó a enumerar todo lo que había ido a parar a las fauces de la ballena. Recitó en voz alta todas las tablas de multiplicar, desde la del uno hasta la del dos mil uno, y después de cada número añadía el nombre de un pez. Cuando iba por la tabla del mil doscientos cincuenta, el Orconte cerró los ojos por primera vez. Los volvió a abrir poco después, pero con gran esfuerzo.

Michele contó sin parar tres días y tres noches enteras.

Al amanecer del cuarto día, el Orconte, muerto de sueño y aburrimiento, se inclinó despacio hacia un costado y murmuró:

–Come más que yo.

Después, se desplomó con clamoroso estrépito.

7

Un niño delgado

Lo que ocurrió inmediatamente después fue casi increíble. Se produjo una erupción subterránea, y a la erupción subterránea le siguió un desplazamiento de agua espantoso. Sacudido de aquí para allá por las violentas corrientes, Michele vio que el cuerpo del Orconte se había transformado en una enorme burbuja de jabón multicolor. La burbuja empezó a crecer. Creció y creció y creció, y al crecer encerró a Michele entre sus paredes brillantes. Cuando hubo abarcado todo el espacio de la sala, poco a poco, bamboleándose como un globo aerostático, comenzó a subir.

Michele flotaba allí en medio como un paracaidista en el cielo. Junto con él, en el interior de la Gran Burbuja, había miles y miles de minúsculas burbujas, eran burbujitas de todos los colores en cuyo interior se veían montones de cosas en movimiento, como si fueran pequeñas pantallas. Michele entendió en seguida que se trataba de los sueños que el Orconte le había robado a la gente durante todos aquellos años. Muy, pero muy despacio, bamboleándose ante las miradas curiosas de los delfines y los atunes, la Gran Burbuja subió a la superficie del mar. Una vez allí, flotó indecisa sin saber qué hacer; después, gracias a una bocanada de viento maestral, se separó del agua y, llevando siempre en su interior a Michele y todos los sueños, se elevó hacia el cielo.

Michele vio debajo de él el mar con sus barcos y la playa con sus bañistas, toda la costa y todas las regiones boscosas que había detrás. Vio su ciudad y los pueblos de alrededor, la autopista y las vías del ferrocarril con los trenecitos que se desplazaban por ellas. Cuando la Burbuja subió más aún, por primera vez vio Italia entera como la había visto en el atlas del colegio, y después vio toda Europa y el mundo: una pelota azul verdosa envuelta en una espesa niebla.

–¡Socorro! –gritó entonces–. ¡Socorro! ¡Míster Kakaleishon, quiero bajar! ¡¡¡Bájeme!!!

Pero nadie le contestó y las palabras resonaron como un eco en la montaña. Allá arriba hacía mucho frío; para calentarse, Michele plegó las alas membranosas y se envolvió en ellas. Se acercaban a toda velocidad a la superficie de la luna.

«Mi única esperanza es que todo esto acabe», se dijo, y suspiró con fuerza. Muy bien, ¿pero dónde iba a terminar? ¿Y por qué lo habían abandonado Míster Kakaleishon y el Hurón? ¿Y Neve? ¿Cómo era posible que Neve no deseara verlo regresar a su casa sano y salvo? Michele cerró los ojos un instante, ensimismado en sus pensamientos. Cuando volvió a abrirlos, advirtió que alrededor de la Burbuja había miles y miles de globos de colores. Reconoció uno que un día le había pertenecido.

–¡Fíjate dónde van a parar los globos que se te escapan de la mano! –exclamó.

En ese preciso instante, la burbuja hizo «paf» y explotó.

Rapidísimas, las burbujas de los sueños empezaron a dispersarse por el aire corriendo como locas de aquí para allá, mientras él caía a igual velocidad.

Volvió a recorrer de esta manera el trecho que había cubierto poco antes. Vio el mundo, Europa, Italia, el mar, la costa, los árboles, los pue-

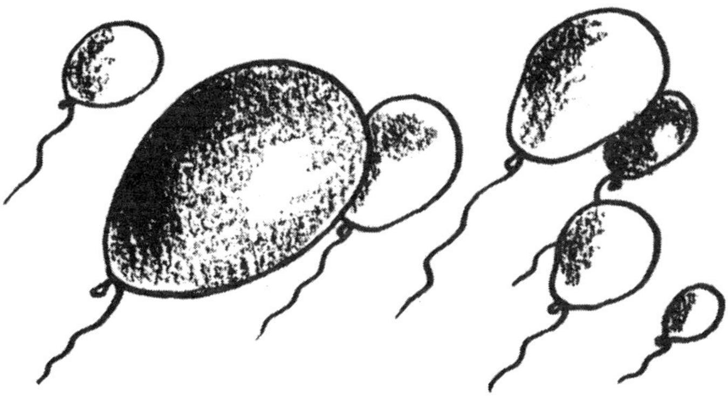

blos y su ciudad. Cuando entre todas las casas encontró la suya, decidió frenar la caída: desplegó las alas y descubrió, sorprendido, que se habían convertido en brazos. Miró hacia abajo: las patas se habían transformado en dos piernas fuertes y delgadas.

–¡Vuelvo a ser un niño! –gritó entonces Michele, y siguió cayendo–. ¡Soy un niño delgado!

Su casa estaba muy cerca ya. Se veían con toda claridad los parterres de flores y la bicicleta apoyada contra la pared.

«¿Cómo haré para parar? –pensó Michele, mientras el aire le silbaba en los oídos–. ¡No puedo acabar despanzurrado justo ahora!»

Apenas faltaban cincuenta metros cuando, debajo de él, Michele vio el colchón elástico de su mamá. Allí estaba también su mamá, vestida con el chándal, dispuesta a subirse.

«No me queda más remedio que caer allí», se dijo Michele, y agitando los brazos y las piernas, logró enfilar en dirección al colchón. Aterrizó en el mismo momento en que su madre pegaba un salto.

–¡Michele! –gritó su mamá y, como una flecha, se le puso delante.

–¡Mamá! –gritó él, y tendió los brazos para agarrarse a ella.

No lograron rozarse siquiera. Saltando a ritmos alternos se cruzaron unas veinte veces.

–¿Dónde has estado? –le gritaba ella al bajar.

–Es una larga historia –gritaba Michele brincando hacia arriba.

–¡Mamá!

–¡Michele!

De no haber sido por una vecina curiosa, con toda probabilidad, Michele y su mamá habrían seguido saltando arriba y abajo en aquel colchón hasta volverse viejos. Pero en cuanto los vio, la vecina fisgona llamó a los bomberos.

Casi de inmediato llegaron los bomberos con sus camiones rojos y sus sirenas; desplegaron sobre el jardín una escalera altísima y desde allí, un bombero con pinta de vaquero lanzó un lazo y capturó de una sola vez a Michele y a su mamá.

Entretanto, se había formado una pequeña multitud y todos estaban muy emocionados.

–¡Viva el niño que ha vuelto a casa! ¡Viva, viva! –gritaron algunas viejecitas agitando en el aire sus pañuelos blancos.

Como un héroe, antes de bajar del colchón, Michele hizo una reverencia y dio las gracias a todos; después, de la mano de su mamá entró en su casa y dejó a los vecinos fuera aplaudiendo.

En la cocina, encontró la mesa puesta con un montón de comida. Había patatas fritas, tartas recién horneadas, pastas de hojaldre rellenas de crema, cañas, palomitas de maíz, cruasanes, flanes y latitas de atún. Neve brillaba triunfante en un rincón.

–¡Hola, Neve! –la saludó Michele, alegre–. ¡Misión cumplida!

En cuanto se hubo sentado, su mamá le acarició el pelo.

–¡Ay, Michele! –le dijo suspirando, con voz temblorosa como si estuviera a punto de echarse a llorar–. No me puedo creer que estés aquí.

Se pasó la mano por el rostro y añadió:

–Pero ya lo sabía. No me creerás, pero sabía que volverías, porque esta noche tuve un sueño que... soñé que caías sobre el colchón elástico justo como has hecho. Tiene gracia, pero hacía mucho tiempo que no soñaba.

Michele sonrió sin decir palabra y hundió la cuchara en el flan que tenía más a mano. Su mamá se sentó delante de él y lo miró comer con ganas. Cuando terminó con el flan, le ofreció un cruasán.

–Come –le dijo, y después de besarlo en la frente, añadió–: Estás muy delgado.

Michele dio un mordisco a un cruasán y observó a su mamá. Durante su ausencia, se le habían puesto los brazos rechonchos y blandos, y la cara se le había transformado en una pequeña luna reluciente. Sus ojos eran dos estrellas. Michele analizó la cara de su mamá en el espejo

que había detrás de la mesa, analizó su propia cara y otra vez la de su mamá. Sí, no cabía duda: así, más redonda, ya no le recordaba a una calavera, sino que se parecía a la de él como dos gotas de agua.

«Es mi verdadera mamá», dijo Michele para sus adentros, y dejando el cruasán en el plato, se bajó de la silla y fue a abrazarla.

Índice

Título de la edición original: *Cuore di Ciccia*
Traducción del italiano: Celia Filipetto,
cedida por Grijalbo (Grijalbo-Mondadori, S.A.)
Diseño: Eva Mutter
Ilustraciones de interior y cubierta: Tony Ross,
cedidas por Grijalbo (Grijalbo-Mondadori, S.A.)

Círculo de Lectores, S.A. (Sociedad Unipersonal)
Valencia, 344, 08009 Barcelona
1 3 5 7 9 7 9 1 1 8 6 4 2

Licencia editorial para Círculo de Lectores
por cortesía de Grijalbo (Grijalbo-Mondadori, S.A.)

Depósito legal: B. 39011-1997
Fotocomposición: gama, s.l., Barcelona
Impresión y encuadernación: Novoprint, S.A.
N. II, km 593. Sant Andreu de la Barca
Barcelona, 1997. Impreso en España
ISBN 84-226-6785-1
N.º 20982A